诗集 IV

精灵学简史

A Concise History of Spirits and Beings

臧棣　著

GUANGXI NORMAL UNIVERSITY PRESS
广西师范大学出版社
·桂林·

精灵学简史
JINGLINGXUE JIANSHI

图书在版编目（CIP）数据

精灵学简史 /臧棣著. --桂林：广西师范大学出
版社，2022.3
（臧棣诗系）
ISBN 978-7-5598-4709-6

Ⅰ. ①精… Ⅱ. ①臧… Ⅲ. ①诗集－中国－当代
Ⅳ. ①I227

中国版本图书馆CIP数据核字（2022）第 018645 号

广西师范大学出版社出版发行

（广西桂林市五里店路9号　邮政编码：541004）
网址：http://www.bbtpress.com

出版人：黄轩庄
全国新华书店经销
广西民族印刷包装集团有限公司印刷
（南宁市高新区高新三路1号　邮政编码：530007）
开本：787 mm×1 092 mm　1/32
印张：13.125　　字数：210千
2022年3月第1版　　2022年3月第1次印刷
定价：78.00元

目 录

卷 一

卷 二

卷 四

卷 一

茉莉花简史

> 一部分是劳作，一部分是痛苦，
> 荣耀仅次于持久的爱情。
>
> ——华莱士·史蒂文斯

自带旋律。无名的忧伤
屡屡将它出卖给流转的霓虹
和半醉的轻影；而你不会想到
宽松的云，是它穿过的
一件最合身的素衣。此时，
光影的变换更强烈，被绿酒泼过的
夜晚，倾斜在它迷人的香气里。
击鼓之后，清秀是清秀的代价；
如果你自忖过眼的烟云里
会有不止一个例外，
那么，命运欠它的东西
就比欠你的，要多得多。
圣徒和愚人可曾在它面前
分得过一勺平等？或者
换一种口吻，什么人的死亡

曾在纯洁的容颜里鉴别

可怕的谎言？它粉碎过自己，

且并不吝惜在你的茶杯旁

露出它的小白牙；柔软的歌声里

有一张朝我们撒开的网，

但那不是它的错。

如果你不知道狂暴的飓风

才是它最终的对手，

你就不会懂得被历史淹没的

离散的记忆，令它的每一片绿叶，

每一朵花蕾都对应着

属于母亲的细节。别的植物

都不会有它这样碧绿的肩胛骨，

洁白的绽放仿佛能接住

母亲的每一滴眼泪；当少年的我

追问为什么时，母亲会像她

早年做过的战地护士那样

利索地擦去痕迹；而我想要

做一个好孩子的话，就必须听完

从她的湖南口音里飘出的

另一首欢快的歌。

2021 年 2 月 17 日

兰花简史

——仿苏东坡

蝴蝶飞走后，它的假鳞茎
很像一个人从未区分过
他的生活和他的人生
究竟有何不同；

并非禁区，很少被谈及，
仅仅是因为，当他的生活
大于他的人生时，
它仿佛躲在铁幕的背后；

据记载，它从未害怕过狮子
或黑熊。也许秘密
就在于它美丽的唇瓣
能令凶猛的动物也想入非非。

而醒目的真实原因很可能

比花姿素雅更深邃;
在领略过芍药或牡丹之后,
它的美之所以仍能胜出,

全赖心灵的暗示最终会平息
我们所有的蠢蠢欲动;
当一个人试图烘托
精神的秩序时,它会及时

从侧生的花葶提供缕缕幽香;
而当他需要从存在的晦暗中
夺回某种无形的归属权,
它就会贡献一个新的基础。

2019 年 6 月, 2021 年 1 月

紫草简史

——仿白居易

我们给历史分类时
它显露出的快乐
仿佛构成对人的无知的
一种绿色的嘲讽；

微风吹过，这嘲讽会融入
本地的气息，生动于
自然的摇曳，但从始至终
也并未太过分；就好像它幻想着

我们最终能进化到
给大地之血重新分类；
而不是像现在这样，
只是偶尔才注意到

混迹在茂密的杂草中，

唯有它的姿态独特于
多年生草本，浑身的粗毛
生硬捍卫着挺立的茎秆；

我们给候鸟分类时，
乌鸦会衔着它的紫色花冠
去挑逗魔鬼会不会
变成好人。而当我们学会了

给春秋的深意分类时，
它会像约好了似的，
在沸水里等着你去更新微苦
在人的精神中的一个含义。

2020 年 6 月，2021 年 2 月

小蓟简史

谁孤寂，谁就能掌握奥秘。

　　　　——戈德弗里德·贝恩

叶缘上的锯齿

是否绵柔，仿佛是它判断

这个世界好坏的

一个理由。五月的坡地上，

它美丽如一个隔世的记号，

回应着刺儿菜的小秘密；

一旦绽放，它就只偏爱粉紫色，

并会将一千根针插进

它小小的花苞：如果你数不对，

你的好奇心就会输给

一只兔子。但也说不定，直接叫它刀枪菜，

能挽回一点面子。它邀请你

最好用自己的方法，再次确认

大地的精华无不来自根部；

它不需要你俯视它——

它只求低下头时，

你看见的，是它的另一面。

——赠贺骥

2017 年 5 月 21 日，2020 年 5 月 25 日

红辣蓼简史

初次接触，你的无知
已在它面前全部暴露出来，
但它不是仲裁者；
才没工夫听你抱怨
迷宫里的忏悔录
隔音效果一直都不太好呢。

命运的瑕疵中，它的确不擅长区分
魔鬼的脚步和野猪的踩踏
有何不同。但它不曾怀疑
你的善意；就如同弥补
一次无心的过失似的，
它将美丽的穗状花序垂向你的手心。

病毒星球太抽象，所以
它的茎节必须膨大到容易折断，
以便你能领悟杀虫的方法，
从来就不止一种；

每采撷一回，时间的深处，
荒凉就会围绕它，构成一次礼貌。

2016 年 7 月 3 日，2020 年 5 月 29 日

茼蒿简史

若不是抱有一个偏见，
怎么会看不出来，它颗粒轻微，
但色泽却饱满得
一点也不输给黑芝麻
在时间的暗影里翻出的小跟头。

没错，顶着菊花菜的名头，
信任必须源于细节：把一碗水端平，
种子之歌才会在新的泡发中
将轮回的秃头磨洗得
只剩下发芽的冲动。

往大里说，新的开端是否成立，
取决于条播比撒播更生动。
长高之后，几只蚂蚁像检修
看不见的秘密线路似的，
往返在它们年轻的翡翠茎秆间；

最意外的，好像刚在番茄苗那里
打过照面的七星瓢虫
竟然也喜欢爬在它的嫩叶上，
像颜色鲜艳的大师一样
将蚜虫慢慢咀嚼在命运的蠕动中。

不论它是不是一道菜，
它都必须美味到令时间惭愧；
据说晚年辗转到荆州时，
老迈的杜甫曾梦见将它和糯米腊肉
粉蒸在一起时，佛真的会跳墙。

2020 年 5 月 31 日

含羞草简史

在它周围，野兽的出没
可以忽略不计；包括人
究竟能感到多少原始的恐惧
也已淹没在践踏的混淆中；
越轻盈的，越难判断；

而世界，还剩下多少
值得信赖的角落
仿佛和你遭遇它的次数有关；
遵循同样的视角，暴力的根源
仿佛也同我们对它的无知有关；

如果它想用最直观的东西
来安慰你，那一定涉及
深奥的反面比朴素还朴素——
豆科植物的直根性，可是
连刚和霹雳亲过嘴的雨神都惹不起呢。

更别提，只要轻轻一碰，
奇妙的压力便会主动构成一种传递——
它碧绿的羽叶会当着你的面，
毫不客气地，将生命的羞涩
作为一种单独的礼物，强加在

你必须保证从此以后
你会格外反省我们是否辜负过
生命的敏感。说到就要做到，
至少每一次闭合，它都干得漂亮，
反应迅捷得像是一点也没拿你当外人。

2016 年 8 月 29 日，2020 年 6 月 10 日

旋复花简史

永远只承认手 *。

———叔本华

花苞开裂时有点像你不敢相信
世界上还会有金黄的舌头；
凭借美丽的倒影，它知道
洄游的鲑鱼没有肺，
只有露出水面的鳍，大胆得像是
要为这静止的历史发明
一种锋利的旗语；

而婉转来自翠绿的鸟鸣
并不相信魔鬼和天使
会拥挤在同一个身体中；
用迷人的复杂性
拖延一个内部的决裂；

———

* 题记出自叔本华《作为意志和表象的世界》。

所以，假如这咳嗽的声音

真的是从末日的缝隙里

传出的，且始终不见减弱的话，

它会把花期提前到初夏，

以便来自深山的野蜜

跳进滚烫的沸水里时，

它能及时破除一个神话；

令所有的后果看上去

都像是被一只金驴踢过似的。

2020 年 6 月 15 日

艾叶简史

庇护之门，兼有辟邪

和得道的取向：进去时，

湿透的背影像是刚在

密集的鼓声中把翘尾巴龙舟

划进了天堂的死角；

出来时，嘴角上粘着的黄米

暴露了赤豆也被肥肉狠狠腻味过；

效果很古老，全然出自

习俗也要讲点风格，

所以，取材必须很清白：

不一定非得是上好的

水曲柳，或花纹客观的青石，

不一定非得看着像

缩小的牌楼，不一定非得朝南开；

第一缕阳光照射过来时

能和凤凰的翅膀沾点边就行；

但结构上，所有的支撑点必须有
一半来自现实，一半来自过去，
如此，倒挂着的草香
像服刑似的，驱赶着蚊虫，
才会感觉不到丝毫的委屈。

2020 年 6 月 25 日

常春藤简史

相信插曲吧，如果你只相信删除，
农药将梦见米罗。

　　　　——森子

风暴的对立面，狗的鼻子
渐渐变绿时，你也许会猜到
净化的力量不一定
都和滔天的洪水有关；
嗅觉是否灵敏，也很关键；

如此，在缓解的视觉疲劳中，
它深绿的睡眠宣言
才会因你的深呼吸而成为
生命的语言。是的，你没有看错，
它的叶子正是它的语言，因朴素而顽强。

这一点与我们不同，但并不妨碍
灵魂的借鉴。没错，趴在你肩膀上的云

有可能是绿色的，甚至像龙的鳞片；
所以你有必要确认：那深刻的
责任是否经得起身体的依偎。

不起眼，但它的每一次呼吸
都服务于你周围有太多的漂浮物
以及它们的象征性需要过滤；
所以烈日当空，体现在它身上的，
叶色，也很像提前到来的夜色。

而它的出色还表现在安静的同时，
耐阴的能力仿佛和我们的
世界经常被黑白颠倒有关；
但它并未放弃祈祷，它的喜光性
至少有一半曾用于同情人性很复杂。

2016 年 6 月 3 日, 2020 年 7 月 5 日

青蒿简史

一片草叶的奉献，不亚于星辰的运行。

——沃尔特·惠特曼

像是和灵魂的颜色
有过比已知的秘密更详细的
分工，即便是清明过后，
它们也能经得起自身的外形考验——

水灵到纤细的影子里全是
碧绿的命脉；轻轻一掐
嫩嫩的叶尖便会把隐藏在原野深处的
美食，召唤到你的指缝间。

大多数时候，口味的确会因人而异，
但在这些菊科植物身上，绝对的清香
从来就没被地方性迷惑过；
将它们剁碎捣烂后，你可以保留

个人的意见，但必须接受
更可靠的记忆之血
就它们提供的现实的证据而言
是青绿色的，比最纯粹的颜色还深浓；

混入重击之下黏稠的糯米后，
稍一揉搓，就比定心丸的效果还要好。
风味不风味，是一回事；
你的气血里渗入过多少植物的神话，

肯定不是什么小事。当然，微妙的前提
也还是要保留一点的；就好像
以口感为溯源点的话，这一切有赖于
你应是从深山里走出来的好人。

2018 年 5 月 15 日, 2020 年 7 月 7 日

狗尾草简史

随和到随处可见，直至盛夏的
骄阳下，无私的奉献
在它们身上显露出：你有一个羞愧
已有很久都没更新过。

世界上没有两片树叶是相同的；
尤其是，猫头鹰从茂密的枝叶中飞出
扑向思想的黄昏之时；而它们
则另取捷径，只热衷于彼此的混同。

至于能否算例外，随意到随你挑：
它们中间的每一株都很像相邻的另一株，
而另一株则将这碧绿的相似性
迅速传递到它的周围。

早期的无知中，它们仿佛也曾
靠数量取胜。这似乎有点原始，
以至于即便你是圣徒，也很难正确看待

这些阿罗汉草对同一性的热爱。

夏日的野地上，它们带来的欢乐
并不总是纯粹到无忧：尤其是
在被称为杂草时，它们会矛盾于
我们对大地的疯狂的占有。

常常被错看，但它们从未想过
以同样的方式抱怨你的眼力；
煎过水后，喝下该喝的，再用剩余的
外擦一遍，你的遗憾或将再推迟一百年。

2020 年 7 月 21 日

梭鱼草简史

一个界限因这些挺水植物
长得比时间的梭子还要性感
而渐渐显露。最明显的标记，
直立并且高出叶面的花葶
一点也不害怕你会误用它们那泛滥的
缀满紫蓝色小花的穗状象征物。

近乎化身之花，只有在潮湿的水岸
才能与它们中最善良的几株
汇合在安静的辨认中。如果那不是
一个游戏，你如何解释这样的包容：
你缺少什么，它们就暴露什么。
它们强烈的暴露癖无惧你

最极端的猜测，镇定得就如同在模拟
一个孤独的神是如何卷入
我们的羞耻心的。那些挺翘的大翠叶
就像一台没被认出的涡轮机上的

备用叶片。它们身上的绿夜

犹如人生如梦可被斧子劈成两半，

不能简单按通常的面积来换算——

更何况你不是小矮人，又怎么会知道

梦的出口何时会受限于我们看待它们的眼光

是否狭隘？花影美丽，意味着我们的世界

至少在这些雨久花科植物那里

曾作为信念的对象存在过——

那近乎一种微妙的平衡

尽管脆弱，却熬过了人类的反观性。

如此，用它们来摆脱困境的诱惑

始终存在，所以，你必须发誓：

当它们随风摇曳，无需对照

宇宙之心，你会对得起大海的影子。

2020 年 7 月 29 日

葎草简史

只有在平原的尽头

才会呈现这样的势头，雨后的大地

就像一张飞累了的深色绿毯；

布谷鸟的高音喇叭

过滤着空气中无名的怨恨；

概率很小，但一只金蝉

的确把刚刚脱蜕的壳

像接头暗号似的，留在了

五爪龙的掌状叶上。

不仅如此，那些球果状花序

也像是要挑战你的灵视

能否经得起一场没有其他人证的实战；

而有一种自信仿佛源自

它们的味道在内行人看来

也不输顶级的啤酒花。

高潮到来时，可能性
为避免过于抽象，派一只大黑熊
在你的身体里蹲下
像跳黑灯舞；如果外形上没破绽，
你打算给今天的变形记

打多少分呢？瞧瞧它们的做派吧；
纤细的藤茎和可爱的叶柄上
布满了倒钩刺，绵密到
你有点怀疑你是不是
已对这个世界放松了原始的警惕。

2016 年 7 月，2020 年 7 月

水葱简史

人们最厚颜无耻的想法：觉得自己是孤零零一个人。

    ——埃利亚斯·卡内蒂

浅浅的水塘边，没能在第一眼中

确认它们是不是荸荠

并没有那么丢人：顶多表明

最好喝的羊肉汤，你还没有喝到。

而进展到这一步：依据那些

通直的茎秆，就肯定它们绝对不是

茭白笋，充分说明你确曾

在金色池塘里钓到过不止一只王八。

十五年前，细雨描画出

它们在春天的边界；特别是

刚长出来的时候，你的疑惑经典得

就好像世界观的通风系统

很容易被这些挺水宿根植物

堵死在一个想当然中：它们如果不是

芦苇的话，还能是什么呢？

最后的关头，还得靠那些细碎到

橙红的聚伞花序来刺激一下

想象力的偏方，活到知天命的年纪

才有点像那么回事：仅仅偶然的一瞥，

冲天草的背影中，掠过的紫燕已如时光的暗器。

2015 年 5 月, 2020 年 8 月 9 日

千叶兰简史

一个赌注，……必须要创造出一些有意义的东西。
————阿尔贝·加缪

西比尔*嘴里的橄榄叶
即使嚼光了，它也不会终止
它那可爱的垂吊。没错，
红褐色藤茎确实像铁的细线
刚刚从命运的口风中
被拽到夏日的荫翳中——
那里，不完美的安慰仿佛替我们
延长了另一种生命的底线。
它的植物气息里始终都带着
一股隐蔽的突然性：再没有任何死亡
值得它去预言，值得它浪费
丛生的藤叶。凭借叶片
看上去是否心形，它不允许

---

* 西比尔，希腊神话中的女预言家。

在橡树叶上沉睡过的
人类的文字再爬上它的
溜圆的小床。有过一瞬间，它幻想
你就是那位它一直都想结识的
驾驶过高塔吊车的人。没错，
生命的愉悦感是否非得绷紧过
永恒的念头，可以往后
放一放，但将它吊挂
在通风的环境中必须立刻成为
现实的一部分；这之后，
它会让你见识到曼妙的婆娑
是如何将生命之舞
从我们熟悉的角色中剥离出来
融入身边的无人之境的。

2020 年 8 月 15 日

芨芨草简史

六年前我带你去见
真正的沙漠：骑过大象的
男孩怎么能再延迟抚摸
驼峰的形状。更何况，
一只蝗虫把你的眼睛刚刚削了一下，
就匆匆躲进八月的芨芨草中——
诸如此类的插曲还有很多，
而那样的相遇很可能会埋下
几粒陌生的种子，直到蓝天低得
像是听懂了滚烫的沙子
在广漠的寂静中默默积累而成的
金色的祈祷。由近而远，
也可以随时成就另一番景象：
地平线上全是沙子摊开的谜底——
和预想的不一样，一旦上了弦，
空无反而比死亡更能
替我们节约时间是可贵的。
一只老骆驼，载着你突破了

梦和现实的界限，将你抱紧在

生命之歌的颤音中。有待确认的感觉中

你似乎已了然：人世的险境

如果还可被作为风景来看待的话，

同行者中必须有父亲——

那近乎一种神圣的在场，

扣紧的手指，肩膀的轻轻触碰，

以及每一丝恐惧或疲惫

都有很强的根蘖性，甚至可作为

一种教育的基础，交错在

你的成长意味着我

必须时刻敏感于一个大人

需要摆正他的位置。

2020 年 8 月 29 日

紫叶小檗简史

荒谬是对疲惫者的荫庇。

——波德莱尔

和它们有关的真理
始终是朴素的,就像一道篱笆
最终能否成立取决于附近
永远也不会有大象出没。

小小的黄花开过之后,
细密枝条上的那些尖刺
仿佛对什么东西更需要它们来衬托
有了另外的想法:不同于我们

和金叶女贞达成的秘密共识;
成熟的颜色不一定都和金色的记忆有关,
一旦愉悦的印象需要重新定型,
这些紫红的卵形叶会立刻变得像冷静的

烈焰，将灌木的美丽陈列在
时间的捷径上。凉风掠过时，
你甚至能感觉到命运之花
也从它们轻轻的颤晃中得到了某种必要的支撑。

2020 年 10 月 1 日

长春花简史

一旦被神灵选中，做着那些梦……
——泰德·休斯

小小灌木，枝叶密集到
观赏性植物该有的
样貌，它一样都不缺——
花色美丽，可持续性尤其长到
你甚至想在燕山脚下
给叔本华重新挖一个坑。

旁边的青石上，浅绿的苔藓
刚好凑齐了一个秋天的暗示；
顶生的聚伞花序近乎
一个又一个信心的释放——
不忧郁时光的流逝会夺走
它应得的印象分，不操心世界末日

会不会跑题生活的艰辛，

不焦虑你心中的魔鬼和圣徒

会不会撕裂穿衣镜中那个完美的人形。

其实从深裂的花冠，也能看出

它重视过存在之谜。它没有猜错

你的眼力，你的确曾俯身

细细端详过它的花喉；但它更想

和你的耳朵打赌：静静的开放

意味着它渴望你能听懂

即使全部的时间都背弃了你，

它依然会用它的花心

将你的偏爱涂抹在世界的影子里。

2019 年 5 月 25 日, 2020 年 10 月 7 日

灯芯草简史

更深刻更持久地为大自然迷人的真相所感动。

　　　　　　——康拉德·劳伦兹

簇生的茎秆仿佛是为了

让你可以通过另外一种方式

在亲密的距离内看清

老虎的胡须。断流的河床边缘，

昔日龙鳞披身的河神的骨骼

只剩下晒得发白的石头；

唯有它们蓬勃生长，就好像盲目的野火

急需一批更任性的灯芯

你还会在人生的漫游中偶然听到

它们的吟唱吗？抑或那仅仅是

微风吹拂虚无的神经时，

又一次辨认，将你和这些蔺草一起

牵扯进几匹漂亮的野马是如何失踪在

命运的诡谲中的。也只有它们

会带来这样的触感：用手轻轻一薅，

大地的鬃毛已从你的掌心
摩擦出新的血印。而假如你的痛苦
真的源于缺少神秘的好奇，
它们甚至能治愈你的失眠：方法简单到
只需将它们煎煮在适量的清水中。

2020 年 11 月 7 日

羊齿植物简史

活下来，但拒绝归入
任何意义上的幸存；
来自桫椤的教育，甚至更冷僻——
比原始还绿，意味着
不论我们的旋转
出了什么问题，你身上
始终有一个新鲜的你
比羽状历史记载得更古老。

熟悉的轮廓。至少环境
没怎么变，但气氛突然灵异得
有点像你必须发誓你记得
你是在哪里握过幸运之手的。
你必须用清晰的记忆澄清一个疑惑：
腰带上绑着滴血的锦鸡的偷猎者
曾用它们的嫩叶擦屁股，
但它们不会记仇。

它们会怀念雨霁的时刻，
并耐心等待新的分类。
与其说你看见过它们，
不如说你发现过它们——
它们是认真的，不会因人的丑陋
而耽搁神秘的祝福。有何世界末日可言？
假如你能确认：这些可爱的蕨类
是可以和心灵直接对话的植物。

2018 年 9 月, 2020 年 1 月 11 日

蔷薇简史

挖坑挖得草率，它们不会介意；
培土培得不够专业，它们也没机会指出；
活儿干完后，主人的感觉
有点像你能从湿透的毛巾里
拧出雨的味道。作为回报，
它们及时的盛开不亚于
对死亡的反复推迟。它们的友谊
很少受到坏天气的影响；
它们的陪伴，像一件不容易看出来的家具。
甚至你顾不上浇水时，它们也不会
将窜访的野猫误认成一个替身。
它们的脾气全都渗透在淡淡的馨香中，
而该坚守的原则，它们也没放弃；
每一个触摸都是有代价的，
它们身上的尖刺只会越来越多；
但不必担心；随着绽放越来越紧凑，
它们身上的那些热情的花骨朵
也会越来越像春天的小眼睛。

2019 年 4 月 5 日

竹芋简史

刚装修好的房子急需

一个强大的绿肺。俏皮的金边吊兰，

板着脸的芦荟，兴致勃勃的绿萝，

我承认，一个人必须拥有完美的敌意——

比如甲醛刺鼻比徘徊的幽灵

更可恶，才不会挑花眼；

主见当然有，但面子上的事，

哪里斗得过花店大妈身上

活跃着一个巧舌的阿庆嫂——

还没等怎么如簧呢，我的钱包

已像一个小小的金色城堡

陷落在她凌厉的生意经深处。

倒也说不上多么尴尬：不就是

不得不痛快地为了更上档次的

原产自巴西的孔雀竹芋

多付一笔智商税吗？但是很快，

一种久违的感觉便如同

我重新发现了幸福的源头一样

漫溢在一个人对新朋友的欣赏中。

表面上，仿佛是我在

可有很多选择的适养花草中

主动挑中了这茎柄紫红的

有着卵状长叶的常绿草本植物；

转念一想，它的被动中

其实埋伏着更深邃的陪伴——

假如有一种性格可脱胎于

可观的灵性，它就是范本。

我的好奇心几乎被均匀

分布在它叶脉上的小火苗般的

墨绿斑点彻底点燃了。

每一次浇水，都像是从不同的角度

进入它充满异国情调的邀请。

而第一次施肥，怦怦跳竟然细心到

它没准真是孔雀的爱人。

2020 年 1 月 19 日

巴西木简史

一睁眼，碧绿的巴西
正紧贴着它簇生的弓形长叶
展现在你的眼前。甚至黎明的线条，
也因它的波状叶缘而变得分外清晰。
常绿乔木，据说在亚马孙腹地，
它的身高看上去像七米高的巨人；
但为了顾及你没去过里约热内卢，
它宁愿变成安静的小矮人，
将自己缩小在大花盆里
守护着你的生活中不时
冒出的热带潜意识。你不会忽视
它的耐旱性；是的，完全没有
必要争论，人只需尊重
这样的事实：它的光泽
即生活的光泽；它的呼吁里
包含对一个粗线条男人的
细心的改变。先从学会浇水开始，
你必须对得起它的迁徙，对得起它的委屈，

对得起它的暗示；光知道

什么情况下将它浇透，还不够——

给它浇水的同时，你本人

也正被看不见的水浇灌着。

面对面时，光端详，也是不够的；

如果真的存在超越的可能，

你的轮回就会清晰在它的化身中。

你还要懂得在不动声色的战栗中

发明一种亲切，就如同

从观察土壤表层的湿度中

你必须学会判断：你对它的关心

更多的，是出于神秘的天真，

而非建立在它对你的依赖之上。

2020 年 2 月 11 日

杂草人类学简史

疾病的隐喻，但和巴比伦长老
偷窥美丽的苏珊在沐浴无关；
作为现象，仿佛很好理解：
作为动机，连尚存着可塑性的
魔鬼都会觉得有点玩大了。
因为人类的原始判断而产生，
因为人类的特殊需求而偏执——
譬如，在农耕时代，凡是妨碍
人类土壤施用意图的物种，
都可归入万恶的杂草。再具体点，
漫长的历史中，我的秘密食谱，
野燕麦就曾属于杂草；而铲除的方式
一直牵涉人类的良知如何协调
地方性知识。甚至稍一隐喻，
犹太人也曾被当作杂草。蹿升的黑烟
也可能来自焚烧杂草；什么时候
提汽化的黑牡丹，才不算过分呢？
回到草有草相，例外状态

放宽了岁月的尺度，却不肯饶过
上了年纪的阿甘本。被剥夺微妙
被铲除：譬如水苋菜，观赏性不错，
但只要长错了地方，就是杂草。

2020 年 3 月 2 日

白鹤芋简史

在狗叫渐渐平息之后
在蝙蝠向穿山甲忏悔之前，
我的感恩对象很狭隘，既不高大，
也不妖冶，更没逆行过：
一株脾气温顺的天南星科植物，
俗称白掌；角落里，安静得
就好像宇宙之花绝不会
难为白鹤的植物化身。
刚开始的时候，一旦忘记
给它浇水，我就会生出
主人的错觉；甚至会陷入内疚，
仿佛由于照顾不周，它遭受了
本可避免的委屈；极端的情况下，
它有可能会死去。虽然我知道，
死亡不可能是任何意义上的委屈——
真要那样的话，地狱之火
会烧穿世界的谎言。仅凭模样，
不难看出，它具有净化空气的

过硬的本领；尤其是

在时间已被毒化的情形下，

高出叶丛的佛焰苞，仿佛从咽拭子那里

找到了变形的灵感，为我

单独检测出精神的阴性。

不浇水的话，它也许会死去——

假如这不是一份短工，而意味着

我必须对它的死亡负有责任，

那么，镜子的深处，我看上去

应该更像一个神秘的受托人。

2020 年 3 月 9 日

绿萝简史

将枯叶剪除，翻盆时
有些动作看起来就像盗过墓——
如果你否认，纤细的萝茎
会像掌握了你的小辫子似的
缠住你，直到你突然醒悟
原来有微微发霉的草叶
也需要蘸着清水擦拭。粗活结束后，
你从未想过守护神的角色
这么容易就降落在
一个现实中，且和你关系密切；
但是也可能，这只是假象。
将有害气体吸收，将弥漫在
城市时间中的粉尘没收在
一个碧绿的献身中，不仅你
做不到，很多神也做不到，
甚至多少钱也做不到，只有这
也叫魔鬼藤的天南星科草本植物
可以做得既漂亮又安静——

所以，谁是谁的守护神

你千万不能打错主意——

更何况，人生中有许多片刻

更像是它送给你的；譬如，

一抬头，一轮中秋的太阳

仿佛紧握着白云的熨斗

正在将蔚蓝烫得像一件透明的天衣。

2019 年 9 月 17 日

藏红花简史

诗不是智慧，诗是智慧的搅荡。

————雅克·德里达

绝美的灵魂不可能
只被误解过一次，我就可以证明；
最初的日子，洞穴里
昏暗的光线源于受热的
琥珀的尖叫。所有的水，
都直接取自源头；烧开后，
浸泡我的液体中漂着
刺鼻的羊油的味道——
我的缄默，有被迫的一面，
但我独占着颜料的核心；
涂抹时，岩石的表面
构成了我的鲜艳的单人牢房，
我褪色，时间也跟着褪色；
假如你能走进那些洞穴中的一个，
我的秘密也是时间的秘密。

我的种子，甚至也是

你的种子。不要被兜售所迷惑，

我的故乡比想象的要远，

远在喜马拉雅山的另一侧；

为了取悦权力，我的美艳

曾被染色在地毯的华丽中，

抬进波斯的皇宫；更早些时候，

释迦牟尼身上深红的长袍

也出自我的风韵，但这些

都无法迷惑我；只有弱者的赞美，

才能激发我的天性：为了神秘地

对付神秘的遭遇，我为你准备了

紧紧依附在黄色花蕊旁的小小的柱头——

天地之间，如果还有菁华

值得一份信任，请将我再次烘干，

将我密封在你的新生中；

或许，还可以再利索一点，

请将我现在就浸泡在可耻的时间中，

直到我们的血流开始加速。

2019 年 9 月 19 日

红玫瑰简史

微妙于意志的颜色，
它是带花瓣的石头，彤红到
流经爱神的血液仿佛也
得到过它的点头。你的勇敢
至少接受过它的加冕，否则的话
带不带刺，又有何意义？
你使用过的温度计中，
只有它，曾准确地将你的热情
显示在世界的纯洁中——
其他的时刻，你必须独自粉碎
潜伏在存在之谜中的
古老的敌意。它柔韧于宇宙
存在着毁灭。而它的美丽
包含着它的歉意，正如它的高贵
包含着它的冷酷；它冷酷你
必须学会像对待带刺的植物一样
对付人类的宿命。有点遗憾，
假如你的确不擅长园艺；

但它不会刻意为难你

不曾从扎人的荆棘中将它挑选出来；

表达爱意，只是它以生命本身

为另一种风景的方式；

与更深的渴望相通，将它送出的同时，

另一种生命的暗示仿佛也将你递送到

人必须经得起人生如梦的极端。

2019 年 9 月 5 日

虞美人简史

——仿佩索阿

一抬头，倒立的深渊
已不适合旁观。卡夫卡不喜欢
别人摸他的绳子，佩索阿更愿意
选择很有礼貌地相信
人生的空虚可以训练成
一种得体的机警，就好像
酒里的雨，能将所有的阴影
都冲进灵魂的下水道。

一想到提取物，绚烂就是最好的镇静剂。
难道非要经陌生人指出，
你才看得出来。难道非要借助
美丽的绽放，人和时代的紧张关系
才能缓解在空气的倒立中？
你已活得太久，而生活仿佛
还不曾被深入过。即使这误会

如此恍惚，它们的色彩依然如同

一种静止的魔术：哪里有它们，
哪里就有无数柔滑的小铃铛
需要及时和罂粟区别开来。
必要的旁观，存在之谜中
任何你以为我们已错过的东西，
都被它们热烈地点缀着；
如此，除了你，它们的偶像
似乎再不会有别的投影。

2019 年 5 月 11 日

黄菖蒲简史

让夏天挺起腰杆的方法中
它的用力始终曼妙于
比花姿更艳黄；眼看就要
把蝴蝶的美丽比下去时，
它的绿叶会在柳荫下随风颤动，
形似出鞘的利剑。因为它，
更多的插曲，散落在岁月的秘密中。
甚至一个静谧，也因它而茂密；
甚至错过它，都已不太可能。
甚至一个主观，凭借它
也找到了新的口径：重要的，
不是可爱的花瓣如何逼真于
人生如梦，而是由于它太生动，
一个绽放就能指定一个角色：
即便进入是缓慢的，有点像
它的芳香曾令历史为难；
而一旦你被它拉向倒影的世界，

你的宿根性也将你暴露在
原来深渊也有好多假象呢。

2019 年 5 月 6 日

迎春花简史

效果良好，如果你已忘记
谁才是世界的主人——
斜坡之上，它们醒目于一个守时，
低调得犹如你有时也会
不甘心你我只配反动于过客。

花形不大，但花心
从未输给过世界的野心；
料峭的试探，几乎每年
都会花样翻新，而这些木犀科灌木
只突出一点：比嫩黄

还鲜黄，一直绽放到规模效应
在你的脑海里再容不下
其他的印象：就好像最初的春色
只能由它们来独家报道，
才不辜负山桃花的回头率。

2020 年 3 月 21 日

连翘简史

湖畔的连翘，全然无视
大流行的禁令，依然保持着
心灵的颜色，一直艳黄到像是
突然被揪住了小辫子，世界的空旷
比人间的空虚还盛大。

细长的枝条上，每个空隙
都没有浪费，缀满了密密麻麻的
小黄花瓣；如果现场没被破坏，
每一次，绽放都无限接近解脱，
而代价并非凋谢即死亡。

退一步，十秒钟的间歇真的能成就
一次神秘的沉浸吗？时间太短了，
会不会被走神弄丢生命的原型？
回想起来，年轻时你读不太懂
斯宾诺莎，近乎一种幸福。

2020 年 3 月 23 日

樱花简史

无视人生的羁绊，一旦绽放，
它们的美丽会直率到
你很难不将它们的娇艳
作为衡量时间的一个尺度；

无视存在或虚无在我们的迟疑中
造成的心灵的陡峭，
带我们回到世界的起点，
它们竭尽一个热烈，将生命的幻觉

极端在可观的天真中，
而与之对应的，必须完成的一个领略，
则像是留给我们的任务；
纯粹的印象加深了一个旁观：

此刻，短暂的美比现实
更逼真于命运的回报——
无视站在它们一边，

但我们并不在被无视的那一侧。

绚烂的花影，注定了
一座大海会突然悬置在
早春的低空中；而你的悬念
在喜鹊的叫声中也在渐渐扩大。

将那些花团作为背景时，
三月的风吹蓝了大地的一个纵身，
令翕动的花瓣看上去像反光的波浪
正试图捏住记忆的芬芳。

你的樱花开在你不在的地方，
而它们的锦簇则醒目于一个原则，
因故缺席，并不意味着
你就缺少一个化身。

2020 年 3 月 27 日

樱桃简史

对外表的粗糙的拒绝
令它们的紧迫感不同于菠萝
或榴梿；别的果树仍在留恋
花枝的招摇时，它们已率先结出
小小的果实，晶莹到如果
让挑剔的舌头投票的话，
水晶可不一定都是由石头构成的。
比美味还礼物，但更重要的，
出于自然的道德，它们赞同以貌取果；
不管北方的春寒如何反复，
它们始终用迫切的成熟
将自身的颜色迅速加深到
它们仿佛能感觉到你的心跳；
是的，它们也有自己的心形——
即使你用小刀将它们均分成两瓣，
它们也会将自己的那一半
留给世界的回味；它们的毫不保留
天真于宇宙绝不是一场梦；

如果你打算沿语言的幽径

返回到心灵的操场，它们会带给你

一个自制的小圆球；抛向半空时，

喜鹊的惊飞听上去像加油，

如果你已找到生命之门，

准备温习一下你的脚法，

它们绝对会用小小的果球，

把你变成一个射门的巨人。

2020 年 4 月 7 日

鼠尾草简史

拥有艺术，才不会被真相击垮。

　　　　——尼采

茎株直立就好像它的花蕾
是一个踮起的脚尖：虽然被裹着，
但向上的力量从未止步于
它的每片苞瓣看上去都很细碎；

于是你想象那样的张望只能存在于
伟大的天真确实有点过分，
并不总是以你我为尺度。
更过分的，风雨过后，

沿年轻的花梗，蓝紫色柔毛密集
一个迷人的走神；没错，
它们是带着这个世界仍然有
巨大的空白需要被及时填补而来的；

没错。一份美丽即一个现场；
尽管轻盈得很随意，但你不可否认
它们的模样很可能经受住了
比我们更大的考验。

2019 年 5 月 23 日

莳萝简史

造物的相似性胜过
已知的任何捷径：转动起来，
语言比最快的轮子还要圆；
安静的例子也很突出，
昏暗中，肋骨和栅栏
相互猛烈暗示，映衬晃动的肉身
像一次神秘的越狱。

不解风情的确有点麻烦，
但迟钝于风味则意味着无药可救。
敢不敢赌，不论一个人出生在哪儿，
植物中，唯有它的种子
味道浓郁得比叶子还辛香。
被否认过多次，可怎么看——
它还是像茴香才不娇气呢。

人生的苦痛有多抽象，
它的样子就有多具体；

恍惚的夜色中，作为对清洗的
一种报答，它用它身上的碧绿
帮我们节约时间；特效出自
体贴才不矛盾我们能在今生
解决多少灵魂的问题呢。

即使用于佐料，它的主意
也依然很灵感；敢不敢赌
诗歌的大师也是生活的大师——
将它从冒泡的炖锅里捞出时，
它的变形记甚至胜过了
人的可能的奇遇：譬如，
从一开始，开胃就没服软过开窍。

2019 年 6 月 3 日

常春藤简史

太多的风声，密集如
它互生的单叶不满足于
仅仅油绿一个自然的道德。

擅长攀缘，反弹力甚至更旺盛；
以至于太多的背景，经过它的淘汰
变成了一堵隐藏的墙。

伞状花序，凡阴性藤本植物
能享受到的顶级标配，
它都会给予最出色的示范。

藤蔓的臂力细得惊人，
但总的看来，它的美观扎根于
并不一定每个人都是时间的过客。

好动的静物，它吸引生命的目光
就好像只有通过那样的测试，

我们才会安静于一个人能否配得上

他的影子。入药时，更是毫无保留，
以至于它美丽的阴影中，太多的蚂蚁
看上去像命运弄反了死亡的注脚。

2019 年 6 月 4 日

刺蓟简史

出身于荒地，无视贵贱

在我们的群芳谱中的加速堕落；

头状花冠浑圆一个紫红色的可爱，

否则要那多肉的圆锥形的萝卜根做什么！

雷雨过后，它匍匐在蝴蝶的必经之路上，

激进如小蜜蜂害怕我是我的替身。

眼光微妙的话，甚至像奇迹的

一个小小的注脚，也是可能的；

被它扎过，生活的意义才会来自

真正的生活必须矛盾于时间。

历史不会以它为开端，

但确实存在着和它有关的一种开始。

仅凭外观，就觉得它和菊花

有瓜葛的人，我要恭喜你，

我要请你喝用它的嫩叶泡过的酒——

你的直觉也是大地的直觉，

你差不多已猜对了沉默的爱中

为什么会有那多刺，尖锐于

即使将大小分得清清楚楚，

世界依然是盲目的；否则要存在之谜

无视命运的瘙痒，做什么呢！

2019 年 6 月 19 日

满天星简史

你欠我一个解释，
比温柔还玲珑，将每一朵白花
都开得那么细小，
假如我仍不习惯低下头，
如何才能抓住那无瑕的重点？

比深情或洁白还朦胧，
你怎么就那么肯定你中有我
可不必依赖玫瑰红和海棠绿的对比
是否曾强烈到令天使
也想替我们出神。

不只是欠我的，你也欠
漫天的繁星一个解释：
藏得太深的东西，任何陪衬
都是一种浪费；我不在乎主花是否夺目，
我在乎你是我的主场。

2019 年 6 月 9 日, 2019 年 10 月

白碧桃简史

春寒的袖子刚一向上翻卷，
它们的蓓蕾便开始
在时间的脉管上
将漫长的北方冬眠粉碎成
娇嫩的花瓣。很眼熟，
从此以后你再也不能声称
你从未看见过宇宙之花。
很轻盈，它们的敏锐
在唤醒的同时也让灵魂之花
感到了莫名的紧张。
最适合的词，或许是明艳——
如此，它们的秘密
甚至已具体到在绽放之前
它们用全身的劲头憋住的那股力量，
尽管还叫不出名字，
却在你身上迅速传染开去。

2019 年 3 月 15 日

卷 二

喜鹊简史

一眼望过去，枝条枯瘦得像
野猫把逮过的老鼠
又逮了两遍；败叶遍地，
而结伴的喜鹊却能从芜杂的坡地上，
翻找出越冬的细粮。

抬头察看动静时，它们的眼神
像是在更衣室里遇到了
用特殊材料做成的人，但它们
并未显出惊慌；多数情形下，
它们的嘴里还含有一颗风干的果粒；

一旦相对安全被确认，
它们会像挥动的锤子那样
重新把头快速戳进枯黄的败叶中，
进食我们用肉眼很难看明白的
冬天的小东西。它们记得从枝条上

落下的每一样果实，记得最佳的
食用效果在风干多久之后
才会显现；它们从不偏食，
就好像适用于我们的艰辛
对它们而言，只会范围更广，

程度更深。除了体表颜色不如
春天时显眼，它们的情绪
并未受到降温的影响。
它们的游戏专注于天空的冰蓝；
当你试图靠近，试图将人的好奇

扩散为冬天的友谊时，
它们中体型最漂亮的那一只，
只是从较低的树枝蹦跳到
较高的树枝上，就把你又扔回到
灵长类动物的进化史之中。

2019 年 1 月 26 日

如何向一只冬天的喜鹊发出诗的邀请简史

之所以勉强还可以

算得上是一件事，就在于

从性质上讲，心里已被魔鬼

推过磨的人绝不会想到

天这么冷，一个人其实可以邀请

一只喜鹊到诗歌中来做客；

一时的冲动里也可以有

完美的天机；不必泄露半点，

却促进了冬天的领悟。至于

你是不是诗的主人，

可以放到神秘的对等性里慢慢妥协；

观感起来，它是偶然栖落到

树枝上的喜鹊，你是偶然从树底下

走过的路人：这里面，

至少有一个共同的节拍

来自大地之歌中命运的颤音；

很微弱，却再也无法忽略；

至少，这一次不算例外——

偶然的喜鹊决定了诗的偶然。
偶然的诗则试图确定一次记忆的蜕变——
在其中，词语的磨损显然
比时光的磨损更难预料，
也更残酷。但假如这样的邀请
从未发出过，你又如何知道
一直将我们卷入人的改造的诗里
是否真的存在着一个空间：
空气新鲜得像心灵的氛围，
内部的光线已美丽到
足以照亮一只真实的喜鹊
可以毫无理由地，飞进飞出。

2020 年 12 月 28 日

黑猫简史

感觉到你在靠近后，

它并未回头，而是加快脚步，

迅速跑上小山坡；那里，乱石的旁边，

像是早就有一个备用观察点，

可供它安全地打量世界的危险程度：

对峙的一刹那，它已卷入

诗的动机，成为诗的对象，

就好像它代表着我们与世界的

另一种关系。而它的眼神表明，

它从未读过一首好诗。它喜欢随意的游荡，

随机的捕杀，以及尾随的尽头，

足够的耐心会克服遭遇的偶然性，

带来一次爱的回报。它用它的孤独

忠于自我的本来面目，这似乎

不难理解；而我们不太熟悉的另一面是，

它也用它的游荡忠于世界的本来面目。

在它身上，天性和灵性的混合

充分到假如你也想追踪

从你身上究竟流失过多少野性，
你就不得不用你的游荡
将世界的野蛮再缩小九平方米。

2020 年 3 月 26 日

狸花猫简史

它的背影完美于
人生的缩影已有点模糊；
独自出没，独自面对大地的回音
在寒风中屡屡被打散；

它的眼睛雪亮，像发光的钻石扣子
令你想到只有傻瓜才会鼓吹
天衣是无缝的。对我们来说，
前行道上不乏恼人的障碍；

对它而言，却绝对算得上是
来自隆冬时节的灌木枝条的
无比惬意的全身按摩；如此，
沿着不同的路线，它每天都会

固定出现在喜鹊的叫喊之中，
不是在坡地上，就是在刺槐下。
而如果按人形，将它放大到

你能接受的变形记的极限，

它会显露出天使的一面，
并用十足的野性，将生命的灵感
温柔在你和它之间
仿佛有一种距离会突然缩短。

2019 年 1 月 30 日

白猫简史

除非是精灵，否则爱
不可能在你和它之间
升华成一种毛发浓密的依存。

白色的哈欠才不生硬于
你何时会突然开窍呢。
它的孤独甚至不止是它的游戏。

有好几次，它专注于游戏的模样
将你反向推入上帝的目光：
跳跃之后，充满好奇的追逐

令它像裸奔的白色闪电。
比它更好看的生灵或许会有，
比它更出色的伴侣，绝对无法想象。

因为它的存在，小小的家园俨然如
一个王国；但更意外的，角落里

居然还有角落里的角落可用于防身。

有余地，天地间才会有味道
慢慢出来。就凭那眼神，
主宰它的，就不可能是可怕的命运。

没什么空虚是它无法填满的。
它是它自己的对象。它治愈过的死亡，
不多不少，正好九次。

2019 年 9 月 25 日

夜猫简史

情人节的夜晚，你没料到，
我事先也没预感，这北方的黑暗
竟会是我们共同的情人。

独自返回居住地，我没料到
在这么深的时间里还能看见
一只精神抖擞的狸花猫。

从灌木下钻出，但浑身的黄毛
干净得就像刚在积雪里翻滚过；
请允许我不再用它来称呼你。

在横穿马路之前，你将被寒风吹拂了
整整一个冬天的枯叶
在夜晚的沉寂里踩得像

正轻轻翻炒着的一锅野菜。
多么奇怪，你的饥饿里不会有我的痕迹；
而我的饥饿里却注定包含着

和你有关的无法示人的情感。
你不具人形，变形记里所有的机关
都拿你没办法，但你仿佛能听懂

在这么深的黑暗里，从人的喉咙里发出的
针对另一个生灵的召唤；
你停下脚步，像一个小码头守候

晚归的渔船那样，等着我靠近。
多么对比，在这么深的隐私里，
你吸引我远远胜过我对你的吸引——

对此，我必须有一个清醒的认识。
你拱起可爱的背，蹭着我的脚腕；
友好地表示，但其中的信任

深奥得像我必须从时间里抓紧
一个奇迹。你的背脊硬得像窄门的门框，
抚摸你，就如同抚摸世界对我的一个纪念。

2019 年 2 月 19 日

鸳鸯简史

水性好到很洁癖，它们的栖息地
往往也是理想的垂钓之地。
风动之后，如果真的去丈量，池塘的
宽度多半和神话的直径不相上下；

仿佛和我们也有很大的关系——
在它们身上，自在比自由
更启发潜在的游戏；此外，
华丽的警惕性也一点都不多余。

因为我们很少见到它们
不成双人对；抑或我们不愿接受
其他不够浪漫的统计数字，
所以，爱情的标本非它们莫属。

形影相随之际，更有刻骨的厮守
将游禽的天性升华为
一种高贵的习性。在附近，

会弯腰的芦苇固然很拟人，

但绝比不上造物的蛮力
在它们身上下过的血本：
它们的鸣叫短促，尖厉到世界
尽管充满危险，但依然有

很多漂亮的回旋余地。此外，
别总盯着外表妖艳的羽毛看；
要注意那像箭镞的小东西——
红与黑，功夫可全醒目在嘴上呢。

2019 年 1 月 31 日

优先权简史

在我们身上，它已退化为
高贵的谎言中的一个不起眼的
小疙瘩般的小角色，
甚至还不如脾气爆发时，
凛冽的北风对命运的简化。

心有不甘时，它也曾将万物的沉默
混入它的客观；它孕育真相，
却从不参与分娩；以至于裸露的枝干
空有出鞘的姿态，空有尖锐的指向，
却无法解释冷空气为什么会比道德更楷模。

只有在未封冻的湖水中，
它勉强还保留着原始的一面：
当你把馒头渣扔向靠近的野鸭，
它们中体型偏大的绿头鸭，宁可不进食，
也要频频扇动翅膀，驱离色彩偏暗的同类。

2019 年 1 月 29 日

漂亮的同类简史

荷塘已结冰，从跑回来的狗
对着它主人摇尾巴的频率，
你可以判断那冰层的厚度
能否经得住一辆误踩了油门的
轿车的重量。从落叶
被清理的程度，你能推断出
纳税人的钱有没有打水漂。
仿佛与意义的自我暗示有关，
在附近，光秃秃的枝条与存在的真相
有可能发生关联的唯一迹象是，
一只喜鹊的警觉程度，要远远高于
繁茂的夏天。它飞得依旧好看，
却频繁于很被动。寒风中，
它的疲倦因可食的小东西
越来越少而加深；凛冽的枝头，
不受干扰的栖息本应缓解
一点生存的疲累，但因为
缺少树叶的遮蔽，它惊觉于

世界的安静已如此不可能；
它尤其警惕你的靠近，
态度之坚决，反应之迅速——
犹如它相信爱只能严格存在于
长着漂亮羽毛的同类之间。

2019 年 1 月 7 日

静观学简史

就像有一个漂亮的动作

需要演示：小湖的冻冰上，

喜鹊降落了片刻又突然飞走；

但隔不多久，它又会独自

或追随它的同伴，飞回来，

重新降落在先前降落的地方——

而且这里面好像还埋伏了一个细节，

降落点如果弄错了，它就会误入

一个圈套。事实上，岸边的青石上，

确实有只野猫蜷伏在二月的寒风中，

像欣赏一个纯粹的猎物一样，

目不转睛地看着刚饮过冰水的喜鹊

像是没过够瘾似的，又用尖尖的鸟喙

开始捣鼓冰碴。轮到把眼光

放远一点时，你不可能没见过

嘴里叼着喜鹊的野猫，虽然说起来

那的确有点罕见；但此刻，

站在野猫身后，你看到的，

仿佛已不限于一个故事的雏形：
喜鹊对世界充满警觉的反应，
而野猫则安静得好像
与其说世界需要特别的反应，
不如说世界只需要一次机会。
嘿。说你呢，你还会给世界一个机会吗？

2017 年 2 月 17 日

夜读休谟简史

家里养了条叫休谟的狗，
就是好。世界上的因果关系很复杂，
但每一次它都能找到可爱的突破口，
将它们处理得好像只要你愿意
保持看待世界的天真的眼光，
所有的干扰都不过是流出的口水。
它的天性里有星光的痕迹，
从不害怕世界会有天大的麻烦。
它的记性也很值得人性借鉴；
谁会把切好的胡萝卜丁
带到雪地里呢？它知道，你会。
谁会抓一把小米，匆匆用纸包好，塞进裤兜，
一刻钟后，这些金黄的谷粒将准时投向
雪地深处未知的事件呢？它知道，你会。
它的眼睛犹如一对深情的符号，
所有的动物器官加在一起表达过的东西
也不及从它的眼神里流露出来的东西。
面对面时，它的眼睛看到的

似乎不是你，更像是一束安静的光

朝着你这边坚定地投射过来。

好吧。让我停止跑题，回到这首诗

最初的动机。谁会将迈出门的脚收住，

快步返回客厅，特意从饼干盒里

取出一小袋点心，并将那些掰碎的饼干

扔向比平时散步到的尽头

更远的雪地里呢？它知道，你会。

就好像你的一切，它早已看在眼里。

再次端详时，它的眼神

像是刚跟赫斯提亚较量过

并让阿佛洛狄忒也跟着败下阵来。

2013 年 12 月, 2019 年 2 月

乌鸦简史

五岁之前，乌鸦黑得像小巫婆，
拎着黝黑的小榔头，出没在
世界的大意中；比传说中的
还聪明，但似乎从未用它的聪明
做过一件好事；早晨起来，
昨晚用塑料袋扎牢的垃圾
又凌乱地散落在湿漉漉的街道上。
六岁之前，为了平衡寓言中的
古老的情感，它将稻草人的肩头
让给了可爱的小麻雀；嘴里叼着有棱
有角的石头，随时准备去解救
囚禁在透明的玻璃中的一泓清水。
看清楚点！从狭小的瓶口
慢慢溢出的细水，绝对比得上
石缝里流出的甘泉。甚至
从心田里排走的积水
也越来越像那些顽固的灌输。
七岁之前，看不见的先机，
伴随着它的降临，开始暴露在

非凡的肉眼深处。它黑得比孤独
还自信，迎着我们疑惑的眼光，
将人世间所有的不祥之兆都浓缩在
它充满黑色偏见的身体里；
与我们不同，人常常会输给人的形象，
但乌鸦还从未输给过黑鸟的形象。
八岁之前，它昂着头，将风中颤动的
树梢，稳稳地踩成了绝顶。
背过所有的小黑锅之后，
即使像不像黑美人依然有争议，
乌鸦也胜过笼子里的鹩哥。
我们的抚摸只能骗得了鹦鹉，
而乌鸦的警觉却能让无情的笼子
丢尽面子。九岁之前，
你有点失望于这偌大的世界
连假装懂得欣赏乌鸦的人都少得可怜。
十岁之前，从杂食主义到残酷美学，
乌鸦开始与教科书上的反面角色
对着干：凡可以出神的地方，
荒芜也裸露过最原始的明亮；
甚至沿乌鸦的足迹，命运的马脚
也被屏蔽过至少一万年。

2019 年 6 月 11 日

斑鸠简史

再度飞回时，雄鸟带来了
它的另一半，浑身暗红，
腹部微凸的雌鸟。人类的阳台
堆满灰尘覆盖的杂物，
并不适合做窝，但独到的眼光
总会发现一些理想的痕迹。

人鸟之间的差别并没有想象的那么大。
获得认可后，雄鸟飞回的次数
开始变得频繁；而雌鸟像是
很有经验似的，按长短和粗细，
将雄鸟叼回的枯枝摆放得
毫无章法但看起来错落有致。

时间可以出错，死亡可以出错，
命运可以出错，甚至人心也可以出错，
而雌鸟不会允许自己出错；
它不时调弄细细的枝条，

直到骄傲的身体获得一个满足：
它要把斑鸠蛋下得毫无悬念。

无论是否在场，你都会受启发的——
据说生下蛋后，雄鸟和雌鸟
会轮流孵化。当雏鸟将小嘴探入
亲鸟的喉咙，提取糊状物时，
你也顺便清了清你的嗓子，
将一口痰狠狠吐在疯狗的脸上。

2019 年 12 月 15 日

军舰鸟简史

大西洋的气息充满了
原始的召唤。我们索性
换上新买的泳裤，踩着米黄色细沙，
踏进传说中的加勒比海浪。
因为刚下过瓢泼的暴雨，
蔚蓝的海水远不如想象中的
那么蔚蓝；且厚厚的铅灰色云层
看起来一点也不像是
想让两个中国诗人见识一下
阳光是怎么走后门的。
看样子，我们必须另想妙招，
才算是没白来博卡奇卡海滩。
我们就从给享受做减法开始：
整片海岸除了几个说俄语的游客，
就剩下椰树和棕榈。遇上淡季，
对我们这些来自大洋彼岸的
非土著人来说，幸运得
近乎一场奢侈。再加上大海的浮力
也开始突然刺激人的觉悟，

我明显感到我的身体里有头棕熊
总朝着沙滩的方向使劲。
而雷平阳的泳姿看上去像是
在大西洋的洋流中踩到了
澜沧江的涌浪。直到这时，
不会讲西班牙语的你我才意识到
从盘旋的半空中，急速俯冲而下，
在距离我们几米远的地方，
贴着海水滑翔的黑腹海鸟，
应该就是传说中的、一直无缘
亲眼得见的军舰鸟。号称伟大的
飞行冠军，所以敏感点的话，
也可以说，它是以这样的方式
在向我们发出警示：这里
可是它的地盘。我们也确实看见
几条机警的浅水鱼非常瞧不起
来自我们的好奇。但我能肯定的是，
从此以后，这几只军舰鸟
可以飞得远远的，但再也别想
飞出汉语，飞出中国诗歌。

2019 年 10 月 30 日，2019 年 12 月 29 日

白头鹎简史

天性的活泼从一开始
就无关世界的印象是否依赖于
还有很多东西需要弥补；
一旦鸣叫，它就是悲歌的反面，
所有的颤音都会集中于
比激越更婉转，就仿佛相互吸引
在它那边，仅凭单纯的召唤
就能成就；无需更多的风声
兜底那自然的动静。传闻中，
它更偏爱高大的榕树，
而我毫无来由地相信
比起相思树，秋天的柿子树
是更适合它的乐器；雄性枕部的
白毛可不是随便醒目的，
而飞翔是它的活泼的指法；
不合比例，那只是我们的角度
受限于人的视野；更何况
由于蠢笨，人其实没什么好怕的；

那些被它叼走的金黄的柿子

算什么呢？表面上，它的行为

近乎公开的偷窃；而一旦我困惑于

人的损失不再是一种代价，

那被它分享的收获仿佛

也从我的身体里带走了

一种等重的异物：很突然，

但并不妨碍我确信，那减去的分量，

一点也不亚于一次大扫除。

2019 年 12 月 3 日，2020 年 5 月 5 日

戴胜简史

一个答案，它就是存在之恶。

————伊曼努尔·列维纳斯

如果生存只是用细长的尖嘴

啄食地上的蝼蛄或金龟子，

它身上醒目的羽翼之美，

就不仅显得过分，而且近乎

一种可耻的炫耀；

尤其是，它头顶上华丽的

羽状凤冠，怎么看都像是

特意针对着在目击过

它欢快的飞翔之后

我们还要不要反思我们

是如何反思我们的道德的：

毕竟，以麻雀为参照的话，

它身上的美至少有一多半

不是用来解决生存的艰辛的；

更何况，对它身上浓烈的异臭

有了特别的了解之后，
美，和形体的魅力脱不掉干系，
更像是一种有毒的诱饵，
令世界充满了危险，且很可能，
时刻都在出卖它的主体性；
所以，时间的精神性哪怕会
稍稍分裂一点，也不可怕；
最大的矛盾在于我们很少意识到
我们其实更过分，从不愿承认，
美，是一种特别的恩宠：
包含了美的危险，却也可用于
危险地解决莎士比亚的问题。

　　——赠夏可君

2020 年 7 月 7 日

蓝狮简史

可以有两种理解它的方式：

第一种，无需卷入真真假假，

它不过是一种称谓，

或一个绰号，就像有人出于

特别的心理，管她喂养的

一头小黑猪叫金毛。

习惯之后，能听到它的呼吸

已混入我们的缺席。

第二种，它确实存在，

但不取决于我们的观看

是否正确。除非你发誓，

我们的灵视将只用于

内心的激动；而它会得到

另一个更好听的名字，

以便它像一个完美的目标

渐渐清晰在你的印象中；

全身淬蓝，一根杂毛都没有，
屁股微微翘起，背对着
面目含混的窥视者；
硕大的头颅朝落日抬起时，
似乎和非洲草原上的其他母狮
在体形上没什么两样；
且吼叫的间歇，它的兽性
更像一个轮廓，既不真实于
我们对未知事物的挑剔，
也不虚假于我们对自身无知
所做的暧昧的检讨。偶尔也悲伤，
但不像我们会发疯。从撕裂的
骨肉中滴淌的血，构成了
它的理性。如此，我不保证
它是否会伤害我们，我只保证
它到目前为止还没吃过人。
它是逃离的产物，仿佛
最深的梦中，有东西从你身上
纵身一跃，但不同于豹变。

2020 年 11 月 1 日

麻雀简史

必须承认，自然状态下

我们实际上从未将任何一只麻雀

赶进乌鸦的方阵之中；

但通过将麻雀和乌鸦并列，

我们似乎终于获得了

一种非自然的优势，

即便将历史的阴影抹去，

那形象的安慰也会溅射出

小小的火花，就仿佛

我们中有人刚刚搂抱过

美丽的孔雀公主。而美好的春天

真实于一个残酷的短暂，

每个人都必须学会及时嘲笑

他身上的小麻雀，

才能看清一个巨人

有没有在我们的镜子里

变得浑身青绿。从南方

到北方，你去过所有的地方，

都能见到麻雀的身影；
但麻雀的普遍性中始终缺少
它不只是麻雀。从盛夏
到寒冬，开过刃的黎明中，
麻雀是早起的小闹钟，
最清新的天光的测量员；
如此，听上去漫无头绪的
叽叽喳喳里，仿佛有技痒的
天使正将音乐的钉子
轻轻敲进一个叮咛之中。

2020 年 11 月 5 日

秋蝉简史

世界上最肮脏的，莫过于自尊心。

———玛格丽特·尤瑟纳尔

起伏的蝉噪，像一根松弛的链条
垂悬在榆树和梧桐之间；
对比立秋之前，暴露的枝条
越来越细，枯黄的叶子也越来越像
一群山雀厌恶了伪装的安全。

连续好几个阴雨天后，
鸣叫时，高亢爬坡的能力已明显减弱；
而基调的变化则来自一个人
只能越来越敏感于如何克服
天籁中还隐含着多少悲伤。

一个轻易做出的否定意味着
人生的腐败已不值得将草根浸入
清水中再次加热，除非你断定

这递衰的噪鸣，正接近一次呐喊——
如同神启，偶尔也会迷惑于众生平等。

2020 年 8 月 23 日

翠鸟简史

你必须重新变成一个无知者。

————华莱士·史蒂文斯

假如飞翔只是一种本能，
这些从南到北分布如此广泛的翠鸟
似乎完全没有必要存在；
喜鹊就能取代它们。并且随时，
有悦目的渴念萌动在附近时，
喜鹊甚至能将飞翔展示成
一种可观的天赋，乃至美的表演；
如果还需要进一步逻辑的话，脏兮兮的昆虫
和面目暧昧的蜥蜴，也自会有伯劳
或画眉扮演清理者的角色。甚至麻雀，
在那些浑身布满寄生虫的虫子
爬进我们的身体之前，就能吃掉
它们中的绝大多数。所以该下判断时，
必须及时指出：在这些翠鸟身上
暴露得最充分的一个秘密
或许就是，美是一种目的——

翠蓝的横斑，分布精巧到
只能笼统地归结于理应是进化的
产物；否则，一旦看上去像执着的淬火
被催眠了，被窃取在更醒目的
宇宙内部的探索自我时，你会因我们
似乎被排斥在外而发疯。即使清醒
偶尔会占上风，从斑头翠鸟
到蓝耳翠鸟，色彩艳丽的羽毛
也极深地耽误过骄傲的理解。
一个朋友曾送过我的一个标本
作为诗歌的灵感的来源：头部泛着
黑金属的亮光，颈部的一点白色
像是被涂上去的，唯有翅膀的亮蓝
一劳永逸地解释了短小的红腿
可以在捕食中起到怎样的作用。
很长一段时间里，我觉得我永远
都不会在乎它已不是一个活物；
直到有一天，我突然意识到
如果死亡是拥有它的一个前提，
一个人会不会麻木到早已沦落为
死神的同谋而浑然不觉。

2020 年 8 月 25 日

蝙蝠简史

封城的消息传来时，

这些会飞翔的哺乳动物正在做梦；

现在是它们的冬眠时期，白天和黑夜的交替

在它们的梦中失去了意义，

不再有劳动被插上翅膀，神秘的天性

都是在幽暗的原始洞穴里睡出来的，

远非人类的悟性所能理解。

它们中爱吃水果的那一类，

梦见随着蜜蜂的舞蹈，可食的果实

越来越多；它们最爱吃的水果

都看上去像一个缩影：地球是圆的；

它们中爱吃昆虫的那一类，

也梦见我们吃蛇，吃狐狸，吃猫头鹰，吃蜥蜴，

甚至梦见我们像狗改不了吃屎一样

吃它们的同类：理由是

不仅很美味，而且非常滋补；

它们的梦和我们的梦一样

具有完美的统计学含义：

数量上看，虽然人类也算天敌，

但由于胃口强大，我们直接干掉了

它们的更直接的天敌：阴险的毒蛇。

为了报答，它们在名字的谐音上

下足了功夫，并积极配合汉语的欲望，

将自身倒挂起来。它们甚至梦见

我们为了寻求替罪羊，将一种可怕的病毒

追溯它们身上；但它们仍不敢相信，

我们假装不知道人类自身的病毒

其实比它们身上的，更可怕。

或许，一切都和大自然的平衡有关，

除了它们的梦，偶尔会涉及我们的麻木。

2020 年 1 月 23 日

拐点出现之前的鹩哥简史

拐点尚未出现，但世界的变化
已开始令它身上的乌黑显得刺眼：
草木之间，突然呈现的寂静
像一个巨大的圈套
超出了一个小黑脑袋所理解的范围；

你偶然的出现，仿佛代表着
人类的重新到来；而你的靠近
不管是无意的，还是有意的，
都像是对潜伏在它身上的
黑色存活率的一种非官方筛查——

至于结果，它从来都是自作主张。
反应必须及时，它扇动翅膀，仿佛很愿意
将原本属于它的一个位置出让给你；
偏弱的一方，但在你和它之间
需要保持的距离，基本上都是它说了算。

2020 年 2 月 22 日

黄鼬简史

数量上，它已是这个冬天
你看见的第二十七只黄鼬——
昏暗的灯影下，匆匆蹿越柏油路面，
然后猛地一跳，总是在你
还没看清，还没来得及做出
清晰的判断之际，它已像飞起的，
被闪电赞美过的肉球，
狠狠砸向黝黑的灌丛。

出没的地点相近，时间也大致相同，
所以，二十七只黄鼬里
很可能有一只黄鼬，你看见过
不止十一次。但说到遭遇，
小小的黄鼬似乎分量还太轻；
甚至巧遇里，因为肛腺的缘故，
它也很难上台面。唯有说到敏捷，
有一次它飞快得像是刚刚被刺猬搞了几下。

诡异的是，它从不知道自己
给鸡拜过年；如果你有印象的话，
被老鹰追赶着的奔跑的野兔，
也跑不过它的鼬性。夜晚如此安谧，
所以，它的迅猛与其说
像一段题给深奥的黑暗的警句，
不如说更像是扔向空旷的笼子里的
一根长着黄毛的拨火棍。

2019 年 2 月 21 日

蛇足简史

人类的故事中，它深刻于
假如不用几个类似的教训，
沿软肋，捅一捅生锈的天窗，
人的脑袋就会被各式各样的幻觉
吹成忽忽悠悠的肥皂泡。

爬行动物，大地的浑朴以及
洞穴的幽深，成就了只有在蛇身上
才能见到的蜿蜒之美。但你脑袋里
有肥皂泡没吹干净，难以接受：
它不存在，它才更完美。

嘲笑越尖锐，它就越不存在；
但在你这里，情况刚好相反。
只有在非常特殊的情形里
你才会隐隐感到，天赋即动机。
或许你擅长的，不仅是用语言来刻画；

如果对面的石缝里恰好有
一条青蛇，你会对它做什么？
你会将一条真实的蛇
描绘在标榜真实的画纸上
而绝不会感到一丝尴尬吗？

如果世界上确实存在无脚的蜥蜴，
它又是如何完美地将自己隐藏
在蜕化的鳞片中的？难道它触摸过的
洞穴的墙壁比人类的，更古老，
它就活该以绝对的无形为命运？

2019 年 2 月 25 日

鸭先知简史

起伏的流逝中，时间带走了
太多的先知；但从破损的网眼看，
先知的消失更接近于
悬念随时都会变成诱惑。
稍一松懈，新的先知
如果不是你，便是对死亡和草莓
不怀好意的坏蛋。稍一严肃，
人的警觉中就全是本该
由神明付出的代价。最明显的，
花先知太妖娆，总以为凭鲜艳的色彩
就能将时间的晕眩混淆成
命运的高潮；甚至在雨的怀抱里，
它输掉的不只是它的真相，
它也暴露了你和植物之间的秘密。
而草先知因为忘不了
遭受的践踏，又太暴力；
一有机会，就沉溺于野火的精神分析。
唯有鸭先知还算对得起

我们投向自然的眼光；

荡漾的春水中，它们对温暖的敏感

远远超出了本能的范畴，

也远远超出了对我们的示范，

更像是对世界的意义的一种弥补。

2019 年 3 月 11 日

鲽鱼简史

可爱的小眼睛，像是要故意

给人类的命名权出难题，

都长在了一边；但据研究

海洋鱼类的朋友透露，

刚出生时，它们的眼睛其实也是

一边一个，和其他的海鱼

并无分别。游动时，

长着眼睛的一侧始终朝上；

意思似乎是，深海之中，

腹部的朝向决定着与生俱来的

安全感。这一点，和狗

处理亲疏关系时采用的方法

有相似之处。它们的美味

和爱情的滋味也有相通之处，

但涉及的细节不便娓娓道来。

我偶尔会想起另外一个细节，

以前经过水产柜台时，如果标签上

写着的是比目鱼，我几乎

没什么感觉；但如果标签换了，
同样的东西一旦标明鲽鱼，
我就会停下脚步，像被激活了
潜在的食欲似的，伸出手指，
通过观察鱼身的回弹程度
判断鱼肉是否新鲜。有趣的是，
卖海鲜的眯眯眼师傅也证实：
这东西叫比目鱼时，很少有人问津，
还是叫他妈的鲽鱼的时候，卖得火。

2019 年 3 月 17 日

鹭鸶简史

最生动的雪白也不及
这天性羞涩的白鸟
在它不断缩小的身影里
慢慢放大你的身影。

这秘密的辨认偶尔会涉及
矛盾于纯洁的心灵
是一个遗留的案件，
同时也是我们的现场。

它并不祈求特别的好运，
也不奢求额外的美貌；
因为你即便不是最合格的证人
也目击过，它安静得就像

一个骨骼嶙峋的裸模，
毫不费力就能用黑钢筋似的单腿

将白色的生命火炬

静静地确立在荒野的尽头。

2020 年 11 月 19 日

黑水鸡简史

关键是你的目光，而不是你的所见。

————安德烈·纪德

平静得就像绿绸子，

如果这感觉不能用来辨认

夏日的阴影，只说明朝这边

吹拂的时候，风，还不够隐喻；

挺水性的另一面，会弯腰的芦苇

在我们中间悄悄指认

它们的同类；就好像改造自我

和改变自我，完全不是一回事。

回到栖息地，自然的安慰

仿佛和一个人出过多大的力有关。

自从成为关注的对象后，

存在之谜便常常从我们身上

向这些鹤形目涉禽的隐身之处转移；
一开始，你还有点怀疑，是不是方向
被它们害羞的天性弄反了；
毕竟，只能听到它们的叫声

却看不到它们的真身，对我们这些遇事
已习惯于拍胸脯的人来说，
太像一种惩罚。其实呢，这样的安排
不过是，好过仁慈少于困惑。

2020 年 7 月 15 日

章鱼简史

那里，冰冷和黑暗加深了

一个神秘的缺席；大海和时间

共有着同一个底部：细沙埋没细沙，

将最原始的舞台积淀在

它的出没中。在你之前，

为了寻找爱神的起源，我仿佛

独自去过那里。幸好，

我身上少得可怜的虾青素

不足以引诱它消耗

动物世界中最可怕的伪装。

它的天性中全无道德的影子，

所有的杀机都不过是一个环节，

和自然有关，却不构成自然的意义；

强行过滤掉其中可疑的部分，

它的完美的矛盾就会苦闷于

一个古老的循环：因嗜血而聪明，

紧接着，因聪明而更加嗜血；

无数的杀戮将它推迟到

和我们同步出场。而我们

却无法确定，站在我们这边的爱，

什么时候才传递到它的变形中。

它的形象似乎已被固定：既是幸存者，

也是毁灭者；每一次角色的转换，

它都丰富了生存之谜；唯一的失误，

就是太迷恋带瓶口的器物，

以至于纵容了人类的狡猾。

美味到无法抗拒，也会带来

一个麻烦：作为纯粹的对象，

地球上最聪明的软体动物，

你的旁观不会止步于一个事实的

自我裂变：就好像原先

只在它的世界里发生的

同样的杀戮，不仅规模翻倍，

也将我们推迟到不得不和魔鬼同行。

2020 年 3 月 20 日

锦鲤简史

与水底相对，但解释起来
这角落里浮着小睡莲的池塘
真的会有一个透明的顶部
不能被简化成平静的表面吗？

很慷慨，常常被借用：
谷雨时节，美丽的花影
会将这明亮的表面
挪用成天真的镜子。

倒影的妩媚中，各种招展
练习自我粉碎，以避免
在人的眼中，普遍的凋谢
如同一种结局或宿命。

初夏时，从那里透气，
即使不隐喻，表面也已远远
大于水面；谁还会介意

它看起来像任由碧绿的细浪

打开的天窗呢。如此，所有的
完美都不过是一种铺垫；
轮到它们出场时，你甚至怀疑
人类还能不能配得上旁观。

针对性有点暧昧，但它们的悠游
绝对算得上是一种表演：
尾巴缓缓摆动，吐纳的嘴巴
冲着你时，就好像你居然忘了

我们曾精通过一种水的语言。
如此，它们游进你的印象，
游进你的记忆，直至你的觉悟
轻轻摇摆在它们的影子里。

2019 年 5 月 13 日

鳟鱼简史

有没有这样感觉：茫茫人海中
能一起安静地坐下来
和你谈论鳟鱼的人已越来越少，
情形罕见得就好像死亡已不顾羞耻。

而时机的重要性表明每个人
都不该荒废生命的孤独。除了美味，
脱钩的鳟鱼，意味着灵魂的胜率
可以完全不受骰子滚动的影响。

有没有比较过怎样的品质
才可能如此优秀：畅游时，潜入大湖
或海湾；产卵时，哪怕历经劫难
也要回到清澈的溪流中。

两个小时后，浑浊的水质和视力的关系
将会被提及；而金鳟的显性遗传
注定会把华美的金黄体色升华到

令虹鳟或银鲑只能望尘莫及。

想不明白就只能这么认栽：
有些很称手的鱼钩，
是用熔化的骰子制作的。
而戒指熔化后，却怎么也做不成钓钩。

最后的问题，有没有被自己吓过一跳：
当一个人为了取得某种微妙的优势，
突然打断对方的兴头，高调宣布：
我只吃自己钓上来的鳟鱼。

　　　　　——赠贾梦玮

2019 年 12 月 7 日

卷　三

混沌简史

毗邻闹市，缭绕的香火
随缘这世界依然很素材——
美丽而高大的刺桐
比榜样的力量还好看，
东边的塔怎么着也都比
西边的塔，更具雄性的模样；
很多东西都曾触动过法眼，
但最难忘的，莫过于
墙壁上画着的原始野兽
一半像天狗，一半像棕熊——
不耳语，不打听，就能看出
它是混沌的人，毕竟是少数。
《淮南子》的题词还算及时：
古未有天地之时，惟象无形；
但只要涉及大事化小，
就难不住精神的自我训练。
正如庄子猜到的，神话世界里
斧子和凿子都是现成的，

关键是如何报答神秘的友谊。

现在想来，从黑暗走向光明，

如此曲折，如此艰难，

都和为了好看，只凿了七窍有关。

要是给我同样的机会，

我至少会多凿五百万个小洞——

一个比一个漂亮，既然这意味着

时间会倒流，意味着新生之际，

只用一双眼睛看宇宙本身是不够的。

2019 年 12 月，2020 年 1 月

海滩石简史

完美的纪念品非它们莫属：
来自花莲的海边，我庆幸自己
只花了不到一小时，就从千万颗
各有特色的海滩石中，挑选到
这几块好看的鹅卵石——
因小小的饱满而谦逊到
自有一种光洁的分量；无论是
抚摸，还是拍击，它们顺从
和我们决然不同的天性，
将大海的脾气转化成大海的气息，
反映在它们圆滑的外观上。
它们是窍门：当我试图克服
记忆的模糊，在时间深处加深
我对那座毗邻太平洋的蔚蓝的
海滨小城的印象时，我确信
它们会像砝码那样称出
感情的倾斜。但现实是，
蜷缩在行李箱的底层，它们首先得

通过海关的安检。情形果然
有点微妙，就好像看过
我的证件后，相关的勘查
突然变得仔细起来。还没等我
强化那有点不祥的预感，
海关的官方语调已传至耳畔：
先生，请打开箱子。接着，
在天知地知的语气里，这些东西
不能带走。我盯着他的眼睛，
但并未获得对视的机会——
而我的申辩仿佛在引诱人性
能灵活到哪一步：它们不是东西，
是我从海边捡来的几块小石头。
纯属人之常情。我有点后悔，
假如说它们是朋友送的，
结果会不会两样。某种意义上，
他处得很专业：小事一桩，
但不容商量。甚至他的解释就是
他的指令：它们只能留下。
而我几乎可以断定：我登机后，
处置它们的方式不会太特别；
除了某个黑暗的角落，这些来自

海边的石头，再也不会被
送回到出产它们的美丽的海滩。
我的损失可以忽略不计，
而我带给它们的麻烦
却深奥得好像不只是我，
而是被称为高等动物的我们
从来就没找对过珍爱石头的方法。

——赠陈黎

2016 年 12 月, 2018 年 11 月

白塔简史

风景的宠儿，以至于你很少会想到
它也曾矗立在沧桑中，
将人的离别和世事的诡谲
永久地封存在一个传说中。
骰子掷出有多久，它的傲岸
就突出过多久。大多数时候，
放任观赏性最好因人而异，
它更信任高耸的象征性
早已深埋在我们的意识深处；
如此，掩映在绿树的背后，
哪怕天气恶劣，奔流的黄河浪
也会为它准备好生动的倒影。
很上相，插入感也很强，
耸立的静物中，就属它的主体性
从不甘于只在时代的背景中
增添一抹难忘。只要遇对人，
它就会在生命的印象中凸显
另一番纵深。绝佳的瞭望点，

但常常，你只能站在风铃草旁，

从底层仰望它低调的巍峨。

匆匆的一瞥，或凝神的远观——

它从不担心你的梦里会没有它的位置，

就如同它毫不焦虑淘沙的大浪

已和历史解约，而它看上去再也不像

定海的神针。它无惧命运的乖戾，

也不怕时间的堕落，它深知

我们的记忆对标志性建筑的依赖，

但它不会利用早已深嵌在它身影中的

这些依赖。如果你只是偶尔才动摇一下，

它会是醒目的相伴；它不会因你的缺席

而忘记它的坚守。如果你还从铁桥上

走回自己的居所，它会沿你的背影

在余晖的余韵中嵯峨

我们最终总能听懂的大地之歌。

2019 年 1 月 28 日

水塔简史

矗立在远离海浪拍岸的
花园深处，以剪影取胜于
你有时会从平凡的生活中
抬起狮子的头颅。时光的流逝

耗尽了美丽的漩涡，唯有它
从容于它的挺立是一门艺术；
当我们偶尔陷入迷惘，
唯有它精通留住时间的秘密。

只要将它摄入青春的影子，
它就会像长长的铁钉一样
把你钉进人生的亮点。
相对于无处不在的磨损，

它制造过更完美的幻觉：
它既不年轻，也不苍老，
从第一眼起，它就成熟于我们

绝不会只满足于历史的见证。

浑身上下缀满兴奋的小灯泡，
它不得不忍受人类的现实
对装饰性风格的偏爱，以及它
几乎无权伸张它自己的审美立场。

利他的典型，甚至它恢复理智的方式
也不外乎它从未小瞧过心海茫茫：
哪里有黑暗，哪里就有航行。
你是你的舵手，就如同宇宙没有别的起源。

——赠王浩

2019 年 2 月 5 日

乡村记忆简史

外观很普通，与相邻的建筑

看上去没什么两样，但重要的是

它在岭南的记忆中挖开了

一条通向过去的时间隧道：

阿婆的首饰陈列在角落里，

一个故事散发出它独特的气息：

随身佩戴，甚至抚摸的痕迹

都并未随着时光的流转而完全消退；

它是甜蜜的标记，如同一个感想

起伏在命运之中；它记得

外人很少有机会身临其境的往事：

如火的骄阳下，年轻的阿婆

曾提着飘香的竹篮，去给忙着

筑堤防洪的爱人送饭……

而从风蚀严重的木船身上，

从比历史的颜色还要深的蓑衣身上，

参观者不难推想出，为了改造

常常涝灾的这片土地，

农耕时代的先民们的脊梁
曾磨断过多少绷紧的绳索。
此外，旧得像马上就要散架的
木制谷风机，令我想起在陕西
一个博物馆里见过的古代战车——
多少试图混进丰收的瘪粒和碎秆，
从它张开的大嘴中被及时清理；
它旧得很安静，而生活的尊严
多半就是由这样的安静积累而成的；
当其他的参观者渐渐远离，
我突然有一股冲动，想跪下来，
把头尽量贴着地面，察看一下
为什么我会觉得它身上
有种动物脾气，和我在云南见过的
步履从容的大象如此相像。

2019 年 1 月

入海口简史

暮色中的皋兰山

像一只正在慢慢醒来的巨大的鼓；

前奏多么古老，黄河之水

天上来；拐弯处，天籁

终于等到了一个完美的弧度。

稍一转化，内心多么对象；

你的倾听比人的领悟

探测到了更陌生的动静。

稍一扩展，静寂与喧嚣的对峙

就让可怕的美布满

生命的裂纹。要不要

试一下，定睛即远眺：

大河奔涌，浊浪竟比主角还过瘾；

所以，时间的眼泪也只能抽象到这一步：

你说，我能听见自己的心跳；

需要解释的话，就好像我们之中

有人将黄河穿进了一双舞鞋。

如果缺少气氛，叶舟会唱起花儿；

如果缺少沧桑的暗示，
叶舟会绷紧脸色，伸出胳膊，
比画出的宽度夸张到绝不比
一口蒸锅的直径再多一毫米——
现在的黄河入海口，就剩下这么宽了。

  ——赠叶舟

2019 年 3 月 23 日

黄沙简史

多年之后，我才明白

无论怎么涓涓，无论怎么婉转，

大海都不可由一滴水汇成。

一抬头，参照物突然多到鼓槌都不够用。

如果投票，最好听的反话

很可能是：一粒沙子就是一个世界。

布莱克的意思，没有人

会愚蠢到这地步：一个世界

最终会归结为一粒沙子。

只有不断把眼睛睁大，

并尽力将湿润保持到美丽，

人的视线才会刺穿存在的暗示。

最普遍的假象莫过于

沙子代表结局。最容易暴露在

迷人的风景中的，假象中的假象，

莫过于颜色越深，结局越辽阔。

辽阔的尽头，自尊多么蔚蓝——

不妨大胆一回，也许终会有人懂得

我们之间为什么不会存有

这样的疑问：你见过流泪的沙子吗？

2019 年 4 月 17 日

湿地简史

除了野鸭，春水里

还有好多动静，等你去敲打

世界的背面。突露在浅水中的青石，

凡被喜鹊看中的，果然

都没辜负过天性很从容。

分一点比浩渺更细心

给我们并未因厌倦命运

而放弃改变自我吧。

只有面对荡漾，时间机器才不算数；

只有风吹过表面，但不是再次，

翘起的双桨才会像翅膀展开。

只有他者如此微妙，你才会想到

将耐心全部交出去的方法

原来不止一种。要想体会得彻底，

月光即目光。你的月光

即我的目光。出窍的刹那，

原来开窍更过瘾。但真想

透澈的话，我们为什么非要

管它们叫涟漪呢？我们为什么
不直接指出，渐渐扩散的
这些青绿的波纹刚刚解开了
一只白鹭身上无形的绳索呢？

2019 年 4 月

鸿隐堂简史

原来草堂不止有一处；

铁山岭下，拂面的春风

因盛开的紫荆而好看；

天井旁，挖下去，汩汩清泉

会自动冒出，溢满一个心眼。

山门砌自东汉，半个院子

稍一打扫，就可媲美历史的空白；

但只有走到后堂，你才会明白

汉语的血脉中为什么会

格外留意隐逸和道德的关系。

欧阳修的足迹里，文徵明的脚印

清晰得像有只年轻的母鸡

刚在墙角的树荫里下过蛋。

过眼的云烟，都没能逃过

洗心轩下，细浪最粗心。

琴石横卧一个体贴，紫藤下，

回旋的天籁听起来像一个吩咐，

跟这混账的世界有什么气好生啊。

　　　　——赠赵目珍

2019 年 4 月

神龙谷简史

数到第九朵，芙蓉也还是
太抽象，但拗不过李白
很直观：挂起来的绿水轰鸣
天河只剩下一个新的回忆。

拨开弥漫的香火，六月的花木深刻
并非只有曲径才通幽。
清新啊，我的呼吸将我突然打开
就好像我的身体是

一道早已虚掩着的窄门。
味道。味道。让帕斯卡的鼻子歇会吧。
天赋不够用的话，不妨婉转一下——
最大的陌生，其实是虔诚。

在白龙潭兜了一个圈，
我的虔诚就很陌生

我的直觉：只要动过真心，
绝妙的诗眼也很正果呢。

2019 年 6 月 13 日

翠峰寺简史

来吧。后山的风景
或许更独到，我渴望邀请蝴蝶
和我们玩一个小游戏：
为了避免在灵与肉之间作弊，
我从我的身体里退出，
蝴蝶也从它的身体里退出。
是的，为了相互尊重，
我答应过，我绝不会化身成蝴蝶——
即使那样做，有助于世界
减轻一个负担。我同时也恳求
当我退出身体的一刹那，
蝴蝶也不可利用我的脆弱——
因为意识模糊时，我很可能
会冲动地将从身体里退出的那一部分
称为亲爱的蝴蝶。假如我犯下
这样的过错，我请求蝴蝶
将我重新变回去。我愿意自罚
每天早上从滴翠峰的山脚下

背着一篓青菜和大米，
沿向上的石阶，一步步将我的影子
重新抬进青翠的空虚之中。

   ——赠颜炼军

2019 年 6 月 15 日

九华山简史

流动的空气加热一个洞穴，
几乎令世界的结构透明到
只要天才足够幸运。
驴很多，但磨盘的隐喻
其实不太好讲。真要猜的话，
柏拉图的缺憾是他不曾扇过扇子。
同样，神秘的旋涡也存在于
日常的逻辑：假如一只猫
看起来像精灵，一条狗
就很容易成为天使的化身——
你几乎已被融化，但幸运的，
那频频晃动的尾巴加热了一个气氛；
接着，像是要挖掘你身上的
一个潜力，那冲着你的，
不曾有过片刻移动的焦急的眼神——
与其说是出自生命的进化，
莫若说是出自神秘的信任。
但此刻，我的身边，只能见到

翩跹的蝴蝶和嗡鸣的蜜蜂。
我的手里刚好有一把扇子，
因此，我的缺憾是，怎么煽动，
潜台词都已难逃风的催眠——
就譬如，说蝴蝶像天使，
意味着现实太魔幻；
说蜜蜂像精灵，意味着历史
太虚无，像死亡的一个败笔。

2019 年 6 月 21 日

九子岩简史

九子岩山腰处，起伏的翠绿
像一个美丽的空巢；
袅袅的云雾则缓缓推送
一个自然的自我重复——
每一株枫榆，看上去都像
一个身材高大的好邻居——
不要用奇怪的眼神打量我，
我可是吃宇宙的影子
都能吃到打嗝的人；更何况
这浓郁的树荫已新鲜得
不限于只是植物安静的影子。
借助青山的记忆，我仿佛已有很长时间
没被时间本身吞没过了。
如此，云雾从不担心
现实会弄丢前世的线索。
渐渐散开之后，眼前的场景
依然显得久远，且每一次置身
都埋伏着奇妙的新意；

否则，怎么会有这么巧的谐音

格外形象于巨大的奇石

突兀一个惊魂的启示。

换一种眼光，地狱其实就是台阶，

不登到高处，人的缘分

怎么会在我们之中绷紧一阵远眺。

我能做的，仿佛不只是帮助

一个真身抵达一处所在。

我的每个动作都幅度不大——

要么悄悄跪下，将眼泪藏在膝盖下，

要么轻轻一闭眼，灵山即圣地。

——赠江弱水

2019 年 6 月 23 日

七步泉简史

心愿的实现能否成就
一个祈祷,多半有赖于
对比是否强烈:现实中只剩下
夹缝严峻一个低头,
世外究竟还容得下多少旁观
则还要看缘分怎么琢磨
世界的底线。很多时候

桃花种得再多,反而不如
沿途之上,铁杉的挺拔
有没有指对金星草的芳香。
没错,芳香骨子里最方向呢。
天华峰深处,只有温柔的花岗岩
才会接纳它全部任性的冲撞:
时而激流,时而白练;

稍一恍惚,七匹奔腾的骏马
已杀到眼前,不仅将峭壁踩得锵锵作响,

更是将晶莹的浪花直接溅向了
生命中最自由的惊叹。
甚至及时雨都比不过一次心得，
就好像唯有此处，心声和源泉
互为榜样，重叠犹如完美的汇合。

——赠舒羽

2019 年 6 月 24 日

章华台简史

曾经高高飘扬的旌旗
已沦落为红叶石楠的轻轻颤动；
感叹越多，真相越脱节
历史的想象。无数细腰
妖娆一个巨大的代价，
如今却只剩下紫贝壳铺就的
暗道；曾经寒光耀眼的
楚灵王的长矛也早已化作
斑竹的挺翘；曾经响彻大地的
咚咚战鼓，此时细弱得犹如
翩跹的蝴蝶鄙视一个虚妄。

稻田拔萃，油绿这么多年过去，
田园风光依然没输给过
时间的本性。没淹没的，
并不意味着结局就是
选择的结果；被记忆的，
也并不意味着真相

就已被交代过。举目望去，
楚国的故土依然如格局
完美的腹地；且伴随着
斑嘴鸭的起降，湿地已大到
能容得下你心目中最大的花海。

真有兴趣的话，不妨假设
我们还可以再做一回游子。
重新回到那个出发点，
历史的起伏即大地之歌
不断回响在生命的觉悟之中。
如果还有机会神秘的话，
就神秘一个简单的事实——
信任什么都不如信任自己的脚步。
七步之内，一个丈量
已将浮云的去向改造成
还是真心的浮力最可靠。

    ——赠刘洁岷

2019 年 6 月 29 日

返湾湖简史

很碧波，所以美丽的视野
并不完全取决于风景
是否怡人。很湿地，所以
真要用小龙虾做诱饵的话，
历史能否经得起垂钓，不好说。

很缩影，几乎从起雾的脑海深处
再现了云梦泽的原貌；
且看在鳜鱼如此鲜美的份上，
芙蓉岛一点都没沾边鬼斧
也情有可原；毕竟在附近，

红花草盎然如紫云英几乎是
人生的解药；稍一咀嚼，
对面的百鸟洲看上去便像提前
实现了的天堂：很考验我们的
道德感是否有过人之处——

毕竟，即便这天堂仅仅属于鸟类，
也体现了一种可喜的进展。
很水乡，几乎所有的角度，
都闪烁有油菜花的大方与朴实。
很胜地，尽管无舟可泛，

但盛开的荷花从未低估过
你我和凤头鹏鹕有一个外人
很难察觉到的共同之处。
如此，很共鸣，将陌生的风骨
从清风中捉回，重新嵌入我们的漂泊感。

　　　——赠沉河

2019 年 7 月 1 日

佛光简史

稍有迟疑，它就可能
被魔光剥去一层彩环；
在峨眉山见到的，已磨损于
松弛的记忆；在泰山目睹过的，
也已陈旧于中断的觉悟；

而这里，莽莽林海原始一个新现场：
散去的云雾，随海拔增高，
又汇聚在苗岭蓝的间歇里；
红豆杉旁边，秃杉狂秀活化石；
盛开时，除了提携紫玉兰，

杜鹃花从不浪费一丝绚烂；
阵雨过后，南国的阳光
像极速落下的鼓槌，
云雾被击穿，小小的水珠衍射
一个奇幻：既自然于现象，

又性灵于景观；如此，
称之为日晕，并不能减弱
它和我们之间的缘分；
更有可能，它倾向于缘分，
如同它默契于你一定会出现在

它表演真容的那一刻。
真正的主题，与其说是
抓紧时间，莫如说是我们
还有没有可能在世界的空虚中
抓紧一个新的自我。

神秘于感动，依然是我们
获得救赎的一个途径。
角度尽可以不同，但最终，
所有朝向它的观看，都会显灵于
你仿佛已学会凝望你中有我。

2019 年 8 月 15 日

乌东简史

突然之间，你想高举手臂，
挥舞一个最彻底的同意——
假如世界上最美的苗寨
还差那么几票就要被选出。

这古老的冲动，并不担心
孩子气已醒目于人生的弱项；
它只想凸显一个完全的激动，
将人的见证卷入可爱的天真。

突然之间，仅凭抵达
你可以成就一个存在的理由——
因为并非每个地方，突兀的山梁
看上去都像抬头的螭龙。

一旦涉及风物，所有的淳朴
都可能因我们还不够深入
而形成一种假象；但在此处，

吊脚楼独好炊烟已胜过

无为的袅袅。更风景的，
雷公山雄浑一个仙境，你用手心
捧起的溪水会继续潺潺我们身体里，
灵魂已开始大起大落。

2019 年 8 月 19 日

避雨崖简史

不远处，黄河的故道默默铺垫
跨越时空的秘密捷径。垂柳醒目于
紫燕已探明归宿的范围
仍媲美天堂可大可小；高耸的白杨
则形象于人性从未缺少过
自然的支柱。不论朝哪个方向，
大地的平坦都会隐喻一个主流；
而一旦暴雨如注，世界的坎坷
仿佛经不起表面的冲刷，立刻露出
荒蛮的原形。甚至道可道，
也多半只能用来加深心路的曲折。
但是，在坚硬的芒砀山西边，
甚至命运都会嫉妒这样的轮廓——
圣人即缩影，即使常常败坏于
人心的叵测，它依然意味着
总会有清风从窄门那边吹来。
曾经避雨的大树，即使被权臣砍伐了，
还有会岩崖的延伸出自比天意还会意。

其实，需要躲避的，怎么会是
从天而降的密如箭镞的急雨呢？
明眼人怎么会看不懂这一幕——
真正要躲避的是，那个挑草筐的汉子*
仿佛又出现在雨中，甚至击磬的硁硁声
也并未因雨水滂沱而有丝毫减弱。

2019 年 8 月 21 日

---

* 挑草筐的汉子，典出《论语·宪问篇》："子击磬于卫，有荷蒉而过孔氏之门者"。

芒砀山简史

龙兴之地，周围的平原

像是被时间的马群踩踏过无数遍；

地平线很少会如此敞亮，

大野很容易就比原野更茫茫；

要是换一个地方，太多的遗迹

会让我们迷失于传说

比历史更风景：但在此处，

荟萃的古迹像露天剧场，

将你引入隐形的观众席。

仰望时，它不过是豫皖交界处附近的

一座小山；石阶而上，

你依次会遭逢陈胜的呐喊——

哪里有压迫，哪里就有正义

自初心反弹一阵原始；

刘邦斩白蛇处，暴力的戏剧性

并未因纪念亭建得漂亮

就失去了线索中的线索。

登顶时，俯瞰如同检阅时间的灵光

是否还会向我们显示历史

从不简单地依赖于真相的揭示。

轮到借鉴地下的成就时，

沿着阴湿的墓道，以普通人的身份，

就能深入王侯的旧梦。

没错，唯有发掘，才是最好的例外。

真有心得的话，我也是我的地宫。

我发掘我时，发现金缕玉衣

纯属一种多余；它迟早会剥下来，

以博物馆的名义，收藏在荣耀的暧昧中，

沦为骄傲的禁忌。如此，

迟来者最需要的，并不是抵达，

以及留下的标记是否深刻，

而是渐渐学会信任缥缈的踪迹。

2019 年 8 月 23 日

河山 * 简史

泰山归来，你依然难忘

它的陡峻中深藏着

鬼斧的反思；交错的岩脉

暴露进化的遗迹，也将远古的

巨石之战呈现在你的领略中；

你甚至无需感叹山不在高，

因为"众河之源"的盛名

早已将它的根基浇灌成

白垩纪花岗岩的丰碑。

一旦登顶，两只山隼出没

如同一对晃动的耳环，而佩戴者的

真容却始终隐匿在浩渺中。

华山归来，你同样不会小觑

它的峥嵘正对称着

太平洋的蔚蓝；视野的尽头，

闪光的海浪像发育中的神兽

---

* 河山，位于山东省日照市。摩崖石刻"日照"，堪称世界之最，载入世界
吉尼斯大全。

刚刚向太阳升起的地方

侧过身去。黄山归来，

不看山教唆一阵审美疲劳，

而你还是会格外多看一眼

它的嶙峋像半卧的大佛

将命运的褶皱抖落在

美丽的夕照中。每回首一次，

它都越来越像如此低调的

一座神庙，俊朗在时光的背影中。

——赠沈凤国

2019 年 9 月 3 日

疏勒河简史

多少飞沙曾撕裂时间的面纱，

多少走石曾击碎历史的镜子，

从东向西，疏勒河反向一个主动，

将人的命运卷入脉脉的孕育；

多少白云曾在它上空魂飞魄散，

多少荒凉曾在它周围蠢蠢欲动，

时而奔泻，时而涌动，疏勒河的波光

像一个雪水的漫舞，深嵌在大地之歌中；

多少孤独曾蜿蜒在它的响声中，

多少美丽曾颠簸在它的风光中，

犹如一道画出的令死神迟疑的红线，

疏勒河将积淀着神秘的感恩。

多少人迹曾在它的两岸行色匆匆，

多少欢乐曾在它的倒影中揭示过真相；

疏勒河的浪花始终偏爱芦苇

和红柳的信念，从未困惑于其他的秘密。

2019 年 10 月

紫金山简史

人生的破绽正被野大豆紧紧缠住，

迷宫的出口仿佛已被找到；

离地面越近，阳光越像金针

刺向温柔的山体。说山势妩媚的话，

谁会感到羞愧？漫长的羁旅

虽然并未缩短，但散步

长得像有一个起源

正得意于你是它的对象。

啾啾鸟鸣，怎么听，都像是

人不懂鸟语又不妨碍你判断

宇宙过去是不是一个聋子。

好听是好听的理由，

好听，生动于人的命运里

也还有想不到的一批漏洞。

甚至密林的规模也原始得

恰到好处：从山毛榉中

飞出的斑鸠，呼应着飞向

琅琊榆的喜鹊；如你看见的是戴胜，

我愿意沿着红豆杉的树干

捉一个画眉的影子，和你谈谈

如何克服风景的耐药性。

每穿过一片林子，我都会

比分神更分身，将几个我

不分新旧，分别留在鹅掌楸，

金钱松或红花木莲的身后。

除了你，没有人知道我减轻的是什么。

除了你，也没有人能给予

那被减轻的东西一个正确的名字。

2019 年 11 月 9 日

紫霞湖简史

远处，青烟像晃动的绳子
要把解透了风情的秦淮河吊向半空；
近处，起伏的山色渐渐围拢在
一块嵌入半山腰的碧玉四周。

归巢的雀鸟才不在乎现实和自然之间
有多少暧昧的界限呢；
它们不断飞过眼前，将原始的记忆
重新纠正在你的脑海深处。

一寸寸，蜿蜒配合暮色，
山路上僻静和幽静难解难分得
就如同一个人的安静也可以是
一个人的最神秘的财富。

去过很多地方就会有很多借口吗？
而此刻我只想恬然于我的感叹：

还从未有不大不小的一片水域

能在这样的高度回馈我对世界的探寻。

——赠何平

2019 年 11 月 11 日

琵琶湖简史

身边的莎士比亚提醒我：
成年之后，几乎每个人都不满
林立在我们周围的高墙
将我们拖进了看不见的笼子。

积压的同时，人的隐喻发明了
语言的反动，像一台精神机器，
将我们和看上去像波浪的东西
狠狠搅拌在意识的深处。

必须承认，我对漩涡的感情有点复杂。
这还能算是风景吗：每个人都渴望练习穿墙术——
哪怕厚厚的墙壁后面并无
上帝的玩笑兜底一个生活的秘密。

抑或，精神的画面感早已不同于既往——
每个人都想成为翻越障碍的高手，
哪怕和盘旋的苍鹰做朋友

有点像你怎么晓得兔子就没吃过窝边草。

而我的确知道，我穿越过
各种各样的世界之墙。假如有铁骨做的鼓槌，
我甚至也没放过南墙。我能见证的
或许不只是另一种惊喜：就如同我

怎么也没料到穿越厚厚的古城墙后，
我看见的，不是什么了不起的奇迹，
而是秋天的紫金山下，这美丽的小湖完美得好像
这世界的确有过一个结局。

　　——赠何同彬

2019 年 11 月 13 日

流沙简史

存在的时间已足够久远，
但它并未见过真正的岩石；
它接近真相的方式，
也和已知的所有事物都不同，
无论怎么揉，它的眼里都只有沙子。

它看不见别的东西。
更何况，金色的沙子是完美的，
远远胜过没骑过骆驼的人
对死亡之海的想象。
它是盲目的，但每一粒沙都是敏锐的。

它的眼皮确实被倒毙的骆驼重重地砸过，
但那样的疼痛几乎不值一提；
落日浑圆的时刻，世界的安静
暴露在它优美的曲线中；
它的孤独是一笔隐蔽的财富。

因为风的立场太难捉摸，
它的本性脱胎于它的任性；
而它热爱的自由的方式也很独特，
甚至有一种说不出的矛盾——
没什么坚固的东西能建立在它上面。

经历过无数次尘暴的洗礼，
它不需要听你的赞美；除非你离开后的
某一天，突然能醒悟到，
任何赞美都不如双膝跪下时
你留在它上面的，那一对碗状的小坑。

2019 年 9 月 15 日

欧扎克山简史

密林深处，即使没有温泉
潺潺流动，秋天的清澈
也总是比美丽的风景更准时；
常常，生命的陌生，
作为一种回报，毫无由来地，
突然膨胀起来，重重地
将我压倒在倾斜的山坡上。

触地时，我的腰
硌在白云岩的棱角上，
而痛疼却激进得像一个梦，
要将灵魂和肉体的界限
打破在世界的荒诞中。
我是我的野山羊，因白头鹰的盘旋
而昂起头，将颠倒的人生

重新校准在柔和的目光中；
牧羊人能及时出现，固然好，

值得金黄的落叶纷纷鼓掌；
倘若小径始终蜿蜒着
原始的静寂，我就继续咀嚼
霜红的草叶，用古老的变形记
将我的新生低调在孤独的浪漫中。

——赠石江山

2019 年 10 月 17 日

竹湾海滩简史

荡漾的反光来自开阔的海面：
哪里还用得着纪念碑，
甚至氤氲也难不住；带着巨大的落成感，
风景一边将自然的宁静揉碎在
生命和现实的对峙中，
一边将隐藏的自我从宇宙的迷宫里
像热带果汁一样挤出，迅速融入
慢慢醒来的琥珀色酒液。
从岩石上往下看，一个男人穿着沙滩色泳裤，
正走向浅海中一个无形的深渊；
但用不着担心，因为地狱也会出错；
只有碧蓝的骰子因为波浪的拥戴
像是从未出过错；更何况忧天的资本里
已被扔进了一个燃烧的瓶子。
伸手可及之处，粉色三角梅挽着
橙红的木槿，虚构一个大胆的热情：
此刻比所有的未来更符合
人性已被各种借口充满。

感谢上帝，并非出于一个清醒，
我依然不可能满足于我们的迷惘
有时已比我们深刻太多。是的，
如果抽对了雪茄，缭绕也能
将一个秘密的复活卷入高潮。

　　　　——赠冰释之

2019 年 11 月 5 日

月湖公园简史

水性盛大时，青绿的山影
像一道阀门，稳定着它的情绪。
天气好的时候，和其他的湖水一样，
它看上去也像一面镜子，
只是更粼粼一个宁静的美丽。
此外，浩荡的晨光和柔美的波光
也常常在美人鱼雕像附近汇合，
就好像你的出没需要
一个特别的澄清。你如果是过客，
鸟鸣婉转时，前世已经浮现；
你如果是有心人，苍鹭的身影
似乎已将来世提前到
你仿佛有一个秘密
只能和跃出水面的鱼去兑现。

2020 年 10 月

洛阳桥简史

传说中的滔滔江水，
如今平静得像是为旅游业
而有意荒废的内湖，
一点都看不出千年前
曾有无数渡船翻沉在淤泥中。

曾经的景象，樯帆林立，
密集如辽阔的大海
终于在有点怀旧的地形中
找到了一个理想的起点；
如今云集的，却是忙于自拍的游客。

不必隐讳，我也刚刚混迹
在这些游客中，一边放纵着
生命的神思，一边却有点懊恼
在背景这么好的榕树下
居然没捕捉到一个上相的我。

印象中，加快点步伐，
只需七分钟，我就能走完这座桥；
而建造它，南迁过来的中原人
却整整花去了七年时间。
所以，更合理的想象是，

这古桥上的，每一块石头
都曾是垒进过彩虹的石头。
有一刹那，当泉州湾的夕照
将古老的霞光倾泻在我身上时，
我好像也消失在一道彩虹中。

2019 年 12 月, 2020 年 1 月

江南长城简史

它不够巍峨，如果你的错觉
像它借用过的
北固山上的磐石一样
来自旅行的印象中
有看不见的手已仔细
抚摸过它和北方长城之间的
一种比较；但在烽火台上，
你可以眺望到在八达岭
或慕田峪的墩台上
看不见的景致：水烟蒸腾的灵江
犹如另一条闪烁的蛟龙
抖动着历史的记忆。
我甚至已开始卷入与语言的搏斗——
它不够逶迤，如果你的生命美学
过于依赖将山势和气势挤压在
可见的表面，而精神的陡峭
必须体现在紧接而来的
蜿蜒的考验中。从朝天门

拾级而上，经过烟霞阁，

不时还会有意识的泡沫

破灭在隐隐的感叹中：

它似乎也不够险峻。但作为每年

都要去爬一回北方长城的

北方人，我更倾向于追认

它现在的位置：假如它曾是

人的生存必需的一道屏障，

那么屏障消失后，

它已彻底地融入平凡的诗意，

甚至没给生活的道具

留下什么可利用的机会。

　　　　——赠予佳

2020 年 12 月 9 日

紫阳街简史

比江南稍远，但掠影的起伏中
江南的韵致更扑面；
长条青石厚重你我的脚下
有人生之路可远可近；
街道的宽窄像是用
并排情侣的肩膀丈量过，
刚好装得下游客们不妨
来自天南地北，却可闲散在
小城的浮光中；在别的地方，
身为过客，一个人很容易
就在自画像里把握到一个深刻；
但在千佛井旁，左手握着
热乎乎的蛋清羊尾，
右手夹着海苔饼，浮生和倦意
突然不再可以笼统心头的
别有滋味。风味的力量
自有办法深邃记忆的力量，
如果我的眼光是正确的，

我欣赏的就应该是，古朴的
街道两侧，明清风格的木屋民居
犹如长龙的脊骨一样
整齐地排列过世俗的秩序。

　　　　——赠梁晓明

2020 年 12 月 15 日

千佛塔简史

紫阳街上，日常的穿越中
不时能瞥见多宝塔的身影
不在左边，就在右边；
巾山顶上还有两座塔
看上去更显耀，更醒目，
更标致古城的标志；
而它的耸立，却更像
一块屹立的巨石悄悄脱胎于
智者的化身。虽砖木混合，
却外溢着风格的淳厚，
阁楼般的体魄甚至经受过
最严酷的岁月的磨洗。
贴面砖上，一千尊小佛
姿态雷同，大小相近，
但镶嵌在烧土中的神性
可以渗透人生的麻木。
我的无神论里仿佛有一个
信仰的盲区，正重合在

它的阴影中。怎么解释
经过塔尖投射下的夕光
竟然如此清澈呢？或许
我可以像这样重新起调：
正因为常常忽略它的陪伴，
所以它的姿态更倾向于
低调生命中唯有可遇
终会完满那唯一的机缘。

——赠张驰

2020 年 12 月 17 日

华胥洞简史

必须依赖很相传，这样的遗迹
才能在嵌入坚硬的山体之后
这么久，还保存了
一个陌生的姿势，仿佛是要
试探我们的体质是否仍适合
服用一个古老的巧妙：
丹药即弹药。大道无形，
但我们可以通过一场想象的战斗，
以真正的自身为线索，
去追踪潜伏在我们身上的
生命的飞翔。最近几年，
我经常用我身上的羽毛
做自我检讨：人生如梦确乎
一个不大不小的考验，只是有点
低级我们实际上无能确认
痴人莫非就是我们必须面对的
那个真正的他者。一抬头，
向晚的天色中已有更加传说的

光华清晰可辨。半生里
有全部的死亡，否则即虚度；
半死里有全部的彻悟
竟然低于否则我们如何对得起
可在私底下无限接近的，
散发在身边葳蕤的草木中的
这些萦绕的元气。

2020 年 12 月 19 日

卷 四

光明之书简史

我并非独自活在这世界上，而是活在众多的世界中。

————约翰·济慈

公鸡上树的时候，摸一摸

狗的脊背，让世界

也参观一下狗的安静。

活着，意味着自然

可以在你的孤独中得到

一个新的定义。除非深邃

也可归入一种感觉的方向，

否则，最好的介绍人只能是

缓慢在田野里的雾；

比如，我就曾激烈地做出过

一种反应：亲切的小溪

竟从未耽误过我们的

灵魂一秒钟。神秘的信赖

意味着时间的流逝

不全都是消极的；只有沉思，

才能回到宇宙的起源；

稍微严肃点的话，

世界怎么可能是迷宫？

漫游归来，一个轮廓渐渐清晰：

大地是祭坛，如果你的眼力

依然犀利，盘旋的苍鹰

应该正在给命运文身。

凡能够被弥补的，都意味着

我们不曾浅薄于神秘。

这算是刻骨的教训吗——

几乎每一朵好看的花

都公正着迟来的怒放。

美必须获胜，且不只是

在内心的战壕里。所有的痛苦

不妨交给夜莺去处理，

只剩下一个任务等待你

一展身手：成为太阳的朋友。

2003 年 9 月 26 日, 2021 年 2 月 23 日

圣物简史

孩童本是成年人的父亲。

——威廉·华兹华斯

纪念雕像被轰然推倒，

而它等到了这样的时刻：

一阵夏日的鸟鸣就让能历史变得安静；

它等到了心是最好的隔音效果。

或者不如直接宣布，它等到了你；

它等到了巨大的耐心中的

一次小小的错位，就好像盲道上的狗屎

被你用断树枝拨到了草丛里；

它等到了你已能善待命运的走神，

以及一只白蝴蝶正从影子之战脱颖而出，

像一枚会喘气的勋章

将你的记忆轻轻别在棠棣的花瓣上。

它等到了它的私人性

只和你最爱吃的果实有关；

它等到了你将杏核攥在手心时，

它会像颠颤的骰子一样发出异样的响动。

它等到了爱的记忆

是它唯一拥有过的博物馆面积；

它等到了你的真实，如华兹华斯所说，

聪明的孩子，才是我们这些混账成人的父亲。

2019 年 7 月 29 日，2020 年 7 月 3 日

数月亮简史

——仿李贺

如果冥冥之中
真存在着生命的绝技，
将半个月亮，数到一万个，
应该算一种。

一万个月亮就像
一万只黄羊，你没有数错；
而这隐蔽的财富
将积累在命运的拐点处。

紫月亮，蓝月亮，蜂蜜月亮，
并且很显然，绿月亮的味道
比红月亮的，要稍苦一点，
但还在可忍受的范围内。

被数过的月亮会照亮

一个事实：没数过月亮的人
将会在世界的黑暗中
遇到大麻烦。但你不是先知，

你的建议必须态度温和，
没数过月亮的人
也许只是在听力方面
存在着先天的缺陷：比如

他从一开始就无法矛盾地
看待内心的黑暗中
一只金色的鼓，已在外观上
胜过乱跳的心脏。

2021 年 1 月 19 日

偷食者简史

既没有此岸也没有彼岸。

　　　　——里尔克

树枝上金灿灿的柿子

一天天减少，偷食者的身影

闪现在白头鹎和喜鹊中间，偶尔也会有

鹩哥混入其中，像一颗黑炸弹

扔进了时间的死角，却并没有爆响。

找不到答案，就只能归结于

连续几天的气温骤降中

霜冻已令果实美味难忘；

而聪明的白头鹎的品位果然不低，

居然猜到你知道它们在想什么。

对你而言，这些柿子不过是

午后的甜点，对留鸟而言，

则是在严寒中存活下去的主粮。

进食的过程中仿佛随时

都会有危险或敌意需要它

一刻不定地用叽叽喳喳的叫声

宣示世界的界限；而在那沉默的间歇，

仿佛有一个主权已经丢失。

每天它们都会飞来好几次，

清点那些金色的果实，就好像

在你和它们之间争夺战早已开始，

而它们属于专有的战利品；

你的驱赶只会将你的道德

彻底暴露：如果它们真是偷食者，

那么在大地之歌中，你又是什么？

2016 年 12 月, 2021 年 1 月

北风简史

为了能让你独自

回忆起我们是如何从那株

高大的人之树上

跳下来的，它挥舞起

无形的刀锋，将自身的野蛮加速成

比无头骑士更猛烈的吼叫；

石头冰冷，草木冻得

只剩下僵硬的表情；甚至麻雀的蹦跳

也看上去像一个巨大的破产中

拍卖槌的槌头懒散地敲着

空气的桌面；仿佛只有在

我们的身体里，非常刺骨

才构成了一种独特的疗效，

但也不是没有悬念；譬如

和凸起的凛冽成反比的，

就还不如命运的口哨；

最终，那些刮过的痕迹会衬托

天才的耐心；只有像粗绳子那样

被呼啸系紧过，你才会
从雪人的呼吸里追踪到
在古老的洞穴里冬眠了
一万年的那个大家伙
还能不能被恰当地叫成黑熊。

2021 年 1 月 7 日

如此立春简史

借迷宫一用。至少寒冷
会止于内外有别。肆虐的风吹
再怎么刺骨，也无法动摇
石头的犄角已嵌入石头的犄角；
而寂静的爆炸看上去
密封完好。摸索之际，
更自然的道德已进入
真实的想象。每杀死一个幽灵，
就给倾听新打一副耳环。
有什么好奇怪的，没见过男神
偶尔也用照妖镜吗？继续向前
摸索的话，屏息之间，一个比石头
更硬的直角会渗出不明液体——
就好像弦外之音里，没什么东西
能妨碍到自发比自由更准确。
必须结束时，不妨借黑暗的两面性一用。
如果你使用种子，你将知道
寂寞的主人是谁。如果你浇水，

你将知道附近有没有好人；

如果你也咬春，你会知道

风俗的深处，一个人有没有

将春天的心从大地的影子里拔出来，

直到地平线上，有个大家伙

比火刑柱更稳地挺立在天地之间。

2020 年 2 月 4 日立春日

授粉师简史

刚刚翻越过四十不惑,
流大汗流得像黑熊并不满足于
用芭蕾的脚尖踮起
一个硕大但优美的身躯;
中年男性,可疑的魅力
定型于再无耻辱可供洗刷;
而骄傲并未过时,但温和作为
一种生命的效果,会自动阻止
他过度反省:这所谓的不惑
像不像专为中年男性设下的
一个分寸感十足的局。

好吧。就假定迄今为止
只有迷宫尚未完全露出破绽;
他必须学会用运气
去兜底人生的含义。
好在工作的性质有点模糊,
却并不妨碍他的职业感

非常类似于在深奥的诗里

给倔强的词语松松土。

有些时候，强烈的感觉

最好来自手巧。而愤怒并不过时，

所以他强迫自己努力做到：

平静的面容，必须看上去像是

从安静的湖水里取过经——

不仅仅是一种隐忍，

而应是对全部的善的一种接纳。

他用过的毛巾每三个月

就得更换一条。闲暇的时候

他也喜欢擦去格言上的铁锈，

就好像更隐秘的生命的乐趣

同一个人能拥有过多少反差有关：

最明显的反差难道不是

来自自信的太阳和自恋的月亮

在人格中的投影？而迷人的香气

则来自阳光的抚摸。过滤在

微风中，两性花多么捷径。

譬如，黄瓜花就很善于雌雄同株。

轮到人能否经得住人心的考验时，
你必须和他一样确切地知道：
在茎秆的低位上开放的，
通常是雄花，而那些晶莹的花粉
只有借助细细的毛刷，才会完成
一个小小的秘密。没错，不太起眼，
却关键得近乎宇宙还有悬念。

2004 年 5 月, 2012 年 6 月, 2021 年 1 月

深居简史

当命运的车轮转过整整一圈⋯⋯
————尼采

阵阵秋风如城门已破，
而诗的敌人并未长出新的獠牙；
凌乱的茅草凌厉在
轻微的迹象和背光的征兆之间，
反衬蛇影的跳跃越来越频繁；
沾着血污，散落的羽毛
勾勒着一次漂亮的逃逸。

最艰难的，心灵的选择
其实并未给心灵的起伏
留下充分的迂回。深邃比深远，
哪一个更缓冲？深渊里
怎么会有答案。好在暗号照旧，
人的简朴中始终藏有
人的最好的防御术。

我仿佛只抵达过一次；
难忘的经历，烂漫的余晖
像一次重彩的涂抹，引诱着
我的记忆应该能重现
我做过的所有的梦。我的女儿
走在我的前头，美如盛开的桃花
并不限于转世即将到来；

我的儿子紧跟在我的身后，放松如
虎头并不一定长在虎身上；
不管怎样，人的深浅构成了
崎岖的乐趣。而我的回归并非是要
满足全部的真实；更有可能，
我出没的次数并不少于麻雀们
曾在那屋檐下反复筑巢。

外观虽然简陋，但我的取舍
已堪比一次神秘的取悦；
我甚至不需要堵住它所有的裂缝；
只要在那里站过，从它的窗口
向外眺看过世界的风景，

就可以知道：它婉转过万水千山，
而且从未低估过人世的险恶。

2011 年 10 月，2015 年 9 月，2021 年 1 月

雨乐简史

世界一定露出了什么
在别的气氛里不可能显形的
东西，它们听上去
才会这么经得起放大，
并吸引你，走出无形的洞穴，
穿越存在的恍惚，
来到生命的新边界：
那里，雨声大得就像一把闪亮的锁，
但你尤其不需要什么金钥匙；
只要再向前跨出一步，
你就能混入蹦蹦跳跳的雨珠
对各种各样的柱形事物的问候；
是的，你确实没记错，
在你身上，最重要的骨头是直的，
且经常垂直于朦胧的地平线——
这隐秘的落差，一直被忽略，
却能让那些来自天上的水

回忆起它们的起源，

并在人的孤独中敲打出新的共鸣。

2020 年 7 月 9 日

烈日简史

海在针尖上跌宕冒汗*。

——蒋浩

末日景象，自旋的聚变
已黄矮星消过毒，太遥远，
反而意味着太道德。
距离产生美，但前提其实是，
你必须足够走运——
就好像你身上有一个角落
借自大海的底部。

如此，透气透到风景比人
更孤独，才算对得起
一次难忘的眺望。而回报仿佛
出于惯性，你只需稳稳
撑住主体性：完美的燃烧，

---

* 题记的诗句引自蒋浩的长诗《夏天》。

就不仅来自晚霞的片段，
也来自白日梦的慢镜头；

无需反叛什么，就能抵达
一种热烈的忠诚。你的更大幸运
甚至包含了那些超级光焰
传递到皮肤表面时，
一阵小痒痒，像是戳穿了
命运的全部诡计，
将你全然暴露在纯粹的幻影中。

2015 年 8 月 5 日，2020 年 6 月 18 日

小满即景简史

视野之内，并无小麦倒向
生锈的水泵；替身很多，只是丁香
不知道如何灌浆。再远一点，
飞动的白云白得像是要将自己
白白地送进蔚蓝的坟墓。

大地已非常绿野，等待着
一次神秘的出售。手头紧的话，
仙踪倒是很捷径。信使的面目
最近有点模糊；敢不敢赌
蒲公英附近，蝴蝶比天使更轻盈？

要么就谦虚一点，不过度琢磨
灵视是否秘诀；像风对待
命运那样接受：六月的蝴蝶
能带回更多的文字，就好像另一个世界
并非仅仅以我们为此岸。

更清晰的，垂柳从生死疲劳中
撑开一片阴影，才不简单于
取景即取经呢。更何况记忆之花
完成受精后，你身上
像是挂满了无形的籽粒。

2020 年 5 月 20 日，2020 年 6 月 7 日

枇杷男孩简史

和世界的迷宫唱对台戏
唱久了，你会在夜深时梦见
密集在树枝上的金丸
让时间的胃部透明在
稀薄的空气中。

诸神渴了，所以杯子
必须大小合适。太大的话，
琵琶会失声。轮到凭神似就能刷新
最深的寂寞时，你要摆脱梦游症的侵蚀，
将人生的恍惚端成一只盘子。

它们的数量再次验证了
金黄的必要性，就如同
多孔的星星，将古老的召唤
闪烁在一个孤独中——
那里，你既是中心，又是边缘，

将生命的安静制作成

思念之光，返还给

摊开的手掌。一块刚刚掷出的石头，

令你小于我，但大于时间；

何谓永生？不就是巨大的悲伤

令生死之间再也容不下

插手的缝隙吗？如此，广大的黑暗

像发黑的盐一样，将你腌制

在我的叫喊中；而那份酸甜，

就像刚刚从我鼻尖上剥开的一层皮。

2020 年 6 月 9 日

苦瓜男孩简史

不同的道路将我们带向
迥异的灵视。通向那边的，
大路朝天，白云令时间发蓝，
风，开阔得像一个提着灯笼的
疯子突然失去了对手；
参天的大树不仅独占了
唯一的形象，就连刀刃般
耸立的绝壁也已将美丽的风景
席卷一空；而留给你的，
偏离了羊肠小道约莫两个世纪，
才算刚刚走完了一半。
需要打气的话，那细弱
却顽强的攀缘，绝不简单于
它的茎秆已瘦成一条道路——
那甚至不是机缘凑巧
借助命运的暗示导致的
一种永生的变形。破土而出，
从那一刻起，向上的渴求，

就已将新颖的探索慢慢同化在

葫芦科植物的生机中；

一个带着苦味的小轮回

将你的隐身重新带回现场：

如果需要发誓的话，只有着魔的人，

才能克服死亡比悲伤更堕落。

2018 年 5 月 21 日，2020 年 6 月 11 日

有氧运动简史

与悲伤赛跑，细雨的长腿
跨过我身上盛开的蔷薇
将漫长的潮湿沿着生命的反光
轻轻踩进死亡的阴影。

并不需要月光下的大坝来告诉我，
我也知道我身上蓄着
不止一股洪水；与悲伤赛跑，
那些咚咚的鼓点开始时

听着像比兔子还快的脚步，
等到惊飞的斑鸠消失在杂乱的
灌木丛中，却像早年抛出的石头
刚刚砸中了一片晚霞。

在人父和野牛之间，我也曾强壮得
以看透红尘为深深的耻辱；
哪怕开阔地已狭小得像

减料的回填土，我也很少会减速；

任何障碍都意味着
这个无情的世界随时可以被
我和你之间的秘密打乱，
当水花溅起时，虚无显得太浅了。

你的笑声中回荡着
天真的信任，只要我绷紧手臂，
我就是你的基座，支点的颂歌，
爱之谜随时可以取代重量之谜；

而你胜任着多变，时而像微风中的
纪念碑，时而像金字塔的塔尖；
还需要用深渊来反比吗？夕光中，
真正的巨人将你的肩头裸露在我的脚下。

2019 年 8 月 25 日, 2020 年 6 月 1 日

余音简史

它不需要从你的闪电中
剔除一种愤怒；伦理的雷霆
太像弱者的辫子，它不希望你误解
我们何时才能确认
浩渺只是它的一个缝隙。

渐渐散开的云层像撤掉的桌布一样
将一个靛蓝的空洞暴露在
刺猬的绰号中。从呼喊
到叫嚣，封条撕下的同时，
变音已经开始，而它听上去就好像

人生的盛宴已盖上盒盖，
镶着金边的百合正忙着给寂静降温——
效果明显得如同暴雨将至，
灵魂的窗户忘了插插销，
吱扭在狂风的开弓中。

那么多伴奏，都被死结浪费了；
但山谷里的小河带来的
混音很受欢迎，就如同自巨石
跌落的同时，雪白的浪花
向一群紫燕保证过：你什么时候归来，

踏入的，都将是同一条河流。
让赫拉克利特见鬼去吧——
假如万籁之中并未包含以下情形：
从抬高的房梁上滴落的汗水
足以将陨石之心穿透一万遍。

2020 年 7 月 31 日

溯源学简史

传说中，神的眼泪

可以流成一条河；亲临现场时，

险峻的地貌，磅礴的气势，

像一场神秘的确信，从各个角度表明

这一切不可能凭空产生。

相比之下，人的眼泪

仿佛只能在语言的癫狂

或比喻的错位中才流成一条河；

虽然事实性很差，但作为

一种辅助治疗，效果远胜于

因人而异。而人和神的关系

越来越复杂，则肢解了

一种辉煌的相似性。比如，

漫长的进化中，人曾坦然面对

人是神造的，但仅仅因为

发明了望远镜，人现在更愿

面对的是，十足的虚无

已瓦解了存在的神性。

我们的情况因死亡而有点特殊，

你还愿意相信世界吗？譬如，

众多的河流都能在自然中

回溯到自身的起源。但众多的河流中

有一条是由我的眼泪汇成的；

翻涌之后，同样的激荡

会带动同样的咆哮。但只要海拔

再低一点，你的海，就会蓝成

比现实更遥远，银白的沙滩

犹如一个眼神，深嵌在另一个眼神中。

2018 年 4 月, 2020 年 7 月

雷雨疗法简史

被吞没的感觉一直牵连到
黄昏从你眼前消逝的方式；
接着，激烈的天象从盛夏的原始
恐惧里不断提炼各种兆头，
直到共鸣渐渐滑向一个亮点——
不论我们是否愿意，不论多么偶然，
天象是可以用来宿命的。

因果链中只要最红的那根没搭错，
对旷野很上瘾，就有助于
一个惊觉：翻滚的乌云如时间的
深色颜料突然泄漏在废墟的歌唱中；
观众席里，模糊的面目
并不完全是因为必须戴口罩
才构成一种可怕的趋势。

毕竟，立正的现实越来越脱节
白日梦最好继续保持一个稍息。

额外的收获虽然也可以

权当是端倪初露：将对角线紧一紧，

琴弦的新用途便会反衬——

心象的立体感固然出色，

但缺点是，太过因人而异。

如此，炫目的强光，只能来自蝎子闪电

反复撕咬过黑暗的硬核——

听上去，轰响的雷霆何时最像一个耳光

取决于你能否用全部的孤独来定义

生命的伟大。没错，这老派的

瓢泼里仿佛有一个绝对的口令，

始终都不曾败坏在自我对炼狱的压缩中。

2019 年 6 月 29 日，2020 年 8 月 11 日

反自画像简史

枯黄的草木轻轻摇曳时，
金色的风已将命运再一次
吹进了麻雀的翅膀。
时间的整容术也没放过梧桐
或白杨，飘零的落叶像是发了疯，
要将它们展览在一个真相中。

一个倒立的忏悔可以把你带进
很深的塔尖，深到令地狱
像浅薄的河滩。而这很可能
只是前奏，就好像此时此刻，
金色的风中还剩下多少
时间的金子，其实不难体会。

最难的是，人的孤独
不是你的弱点。用无形照一照
你的脚下吧。一个悲伤
把你带得再深远，也远不过

人的深渊只是我刚刚

吐过的一口痰。但是不，我知道

我很清醒，我不会放任

人的愤怒构成你的神秘。

我会慢慢融入周围的景色。

我会慢慢想起，此时夜色沉沉，

笼罩了一切，但日落时分，

这山色也曾雄浑得就像你的

金字塔里埋着十万头大象。

没错，死亡并不真实，

死亡只是你我的一个弱点——

小小的，仿佛类比于

这么寒冷的深夜里，仍会有

犀利的星光闪过颤动的心弦。

2020 年 10 月 23 日

重阳节简史

多数人只是听闻，但并未

饮过菊花酒；如此，你的秘方

真的可用来吹哨吗？要不要

再通过共鸣婉转一下，譬如

花瓣的浮力需要一阵惊心，

才不会混同于最后一根稻草；

或是更纯粹，以伯劳的影子为歌喉，

才不会走神于在这一天

你更喜欢用蹁跹的蝴蝶刮去

脸上的胡子茬。说到插不插茱萸，

最好看一看，无边的蔚蓝

有没有气盛到已将天高

完全撑开在你起伏的心声中。

如此，南飞的鸿雁即使模糊到

只剩下记忆的小斑点，也可以

像慢慢拉紧的拉链一样，

将一个虔敬缝合在世界的裂隙里。

如此，我攀登我的另一面，

不知不觉已抵达了你的山顶——
它即便不是绝顶，也不妨碍
它看起来像天地之间的一个吻。
说得再好听一点，凤凰岭上
也不是没有凤凰；说得再谦虚一点，
没采到灵芝，人身上的味道
才会异样得像我刚刚用一身大汗
驱除过几只人生的臭虫。

2020 年 10 月 25 日

金色晨曲简史

无边的黑暗，也只是
事情的一半。

这角度借自深秋的黎明，
借自泡沫破裂之前；
新鲜的光，像一排宇宙的子弹
射向你的靶心。

你不可能只醒来过一次。
清醒和新生之间，你漏掉过什么？
苏醒和复活之间，
你又拖延过什么？

而有时候，预热会提前；
锋利的光就如同准确的金针，
斜着刺穿了你和梦
共用过的一个穴位。

另一些时辰，倾泻的感觉
也没有浪费过
拂晓的光，像一次
严重的泄漏；

有东西快速漫过
你的身体，变形的过程中
一只铁锚仿佛刚刚被旋转的骰子
狠狠地撞了一下。

不可公开的秘密中，
清晨的光也是金色的绳索，
弹性十足得就好像全部的命运
加起来，也不过是一道缝隙。

而最后的隐私几乎可以等同于
一种安静：在你忍受过的事物中，
一个类似的空壳的东西，
仿佛占据了事情的另一半。

2020 年 11 月 9 日

九月之光简史

成为那群人中最新鲜的一个。

——茱萸

如此孤立的情境，慢慢扩散
在层林中的丰富的色彩
实际上包含着死亡
对命运的代价的一次偷偷替换。

向迷宫开战时，身临到一半
就堪比无数次临摹；意思是，
数对过心弦中的新旧，有些东西
才谈得到还能否重新赢得更深的信赖。

面对荒原谐音谎言，我更偏爱
荒野这个词或许还可以
被谨慎地使用七次。我不贪求
更多的运气。我只请求一次被允许——

弥漫在青草中的萋萋
足以令我保持那样的专注：
渐渐模糊在远处的背影，意味着
一次抵达测量过心灵的极限。

布罗茨基没准是对的：再多的原因
也无法澄清个人的拯救是如何可能的。
好消息也有：这世上，已无绝路可走，
只剩下绝唱仿佛并未轮空。

2020 年 9 月 5 日

第一瞬间简史

往年这时候，坡地上的荠菜
和蒲公英早就被挖得连魔鬼
都觉得诅咒是多余的；
什么样的神力被一再误解，
才会出现这样的情形：
几乎每一株杨柳上都像是
挂着一个绿色的降落伞；
而自由的追逐唤醒了
一个爱的决定，自黑的鹨哥
索性倾向于绝不在颜色
和本性的问题上再浪费一秒钟。
大自然仿佛卷入了一场证词，
世界安静得像一出戏；
角色众多，但除了相爱的人，
几乎每个人都是比迷宫里的小丑
还要抽象的欠费的死囚。
路过连翘，你就欠金黄一个人情，
路过丁香，你就欠清香一个人情，

路过海棠，你就欠绚烂一个人情，

路过倒影，你就欠永恒一个人情，

如果胆敢路过我，你就欠瞬间一个人情。

2020 年 4 月 6 日

前夜简史

昨晚的月亮黄熟得好像
只要我们能爬上一棵杧果树
就可以摘到它。它不属于前夜，
但既然它美得能从黑暗的内部中
激起一片天真，冒点险，也是值得的。

再往前回溯，周末的不眠之夜
透露出几个迹象；虽然也不关前夜，
但绿风的确掀起过迷宫的阴暗面
将反光的秘密思想暴露在
热带植物耿直的叶脉上。

一个星期前，凌晨的天象
仿佛再现了一个守灵夜，
星空璀璨得犹如远古部落里的
一个节日；虽然仍不属于前夜，
却很适合埋藏灵魂的垃圾。

名字太特殊了，也会分神；
比如，白夜就太依赖旧世界的
明暗对比：昏暗的路灯，
摘掉面具后，痛苦苍白得像狐狸
遇到了野鬼；这些也不属于前夜。

不仔细的话，堪比深渊的
暗夜，倒是和前夜很像。
你手里拎着铁锤，而世界的锁链
已完全变形；除非和魔鬼打过赌，
否则你不可能在任何家具中认出它。

最大的争议是，一个人的前夜
如何可能？太依赖异象的话，
那意味着你不仅仅是有罪的——
滔天的巨浪已被租用，晃动的险峰
像被下过药，浪费了祖国的胶卷。

2020 年 7 月 25 日

越冬颂简史

——仿太阿

仅凭凛冽的直觉，尚不足判断
在引水渠里越冬的
它们究竟是凤头䴙䴘
还是黑颈䴙䴘。一旦靠近，
人性的善恶便随它们的
紧急下潜，成为一个悬念，
扩散在波纹的同心圆中。
人生的沉浮中到底有
多少时间可用于观鸟，
似乎可以因人而异；
但实际上，我们的角度已很难
像取材那样正确而完美。
它们的出现一点也不意外，
你的出现却最好涉及
一次意外：静静的水面，
平展如时钟的表面，

幽冷的水色反衬着
它们的体态已和水葫芦
难解难分。恰恰就是
因为比例，它们的娇小
活泼着一个警觉；必要不必要，
很可能，天意都说了不算。
而你可以凭借一个印象，
将它们的自在放大到你的自由中。

2020 年 12 月 3 日

大雪日简史

茂盛的树冠已经消失，
断续的鸟鸣像冷风吹着
大地的清单。同样光秃秃的，
但比起白杨，银杏的树梢
更像闲置的指挥棒
横插在灰蒙蒙的天色里；
无需祈祷，北方的穿透性
已拔高过沉默的金子；
冰镇之后，视野开阔得像
诅咒过的阴影终于
再也无法混同荫翳之美。
悲伤很雪白，悲痛很冷冽，
悲哀像阴沉的云海里
已提前撒进了内向的花椒；
唯有悲鸣如天平微微倾斜，
秘密地称量着
你今天的用盐量
还能否被湿润的眼眶框住。

2020 年 12 月 7 日

冬月简史

——仿庾信

依然金黄，完全不受
降温的影响；就好像黑暗之舞中
它暴露过宇宙的肚脐。
依然冷艳，就好像需要
一个人冷静的时候，命运的尽头
依然充斥可恶的花招；
它的高悬意味着你
必须比全部的孤独更清醒——
如果你依然值得信任，
而不是盲目于否认
你从未像窥视美丽的体魄那样
窥视过世界的隐私，
它的浑圆就会依然依赖于
你对它的浑圆另有
一个更秘密的想法。

2020 年 12 月 9 日

滂沱简史

哗哗的响动
已将平时无法觉察到的
你和命运之间的
所有缝隙用雨珠注满。

你仿佛被困在了
某个角落；精灵们弄丢的现实
出现在野兽的脚印中，
但很快就被冲毁。

看不见的漩涡
令隐隐的肉跳具体得像
你刚刚用刀子
刮过鱼鳞。

它意味着陌生的恐惧中
将会有一次比荒野更真实的

笼罩，雾气弥漫，
它意味着水将很深。

2018 年 7 月 23 日，2020 年 12 月 11 日

蓝盐简史

不同于那些常见的
白色结晶，以及奢侈的贫穷中
你有一个关于人类的偏见
只能靠它来纠正；

首先，你得学会面对
你的伤口是蓝色的——
非常深，深到傍晚的空气
仿佛被神秘的疼痛狠狠稀释过；

清洗必须及时，以及最关键的，
抓一把，撒到伤口上，
你会听到一只亲爱的狮子
从你身体里发出过震天的吼叫；

它杀死过的东西，你不可再称之为
该死的细菌；即使穿过窄门时
遇到困难，它封存过的新鲜

你也必须永远都带在身上。

如果确实有点为难，它祛除过的那些油腻，
你可以用 6 克左右的灵魂来隐瞒；
但你必须学会感恩，它已将你卷入
新的精确，就好像它才是你的原味。

——赠蒋浩

2020 年 11 月 11 日

冷雨简史

你带着微笑，从天罗地网之中脱身归来了吗？
——莎士比亚

它切开现实，直到淅沥
像幽灵之声的花纹，
直到深秋的北方看上去
一点也不像第一现场。

被稀释到平凡的触摸
已无法做出判断，它近乎
一次涂抹。它绷紧过季节的神经，
它打断过命运的情绪。

露出的横断面中，天色灰暗得
有别于谎言已充满泡沫；
世界的真相甚至远不如
银杏的落叶像时间的鳞皮。

它纠正过大地的干燥，
而你不是唯一的受益人；
它擦亮的东西，你不可作为
男人脸上的金子来兑现。

2020 年 11 月 17 日

弥陀岩简史

生动的遗物中并不包含

踏破的铁鞋：早年东渡日本，

大师也曾非常文艺；救国的间歇，

他曾男扮女装，化身茶花女，

想象着这肮脏的世界

曾有数不完的美丽的玛格丽特

被命运压抑在傲慢的黑暗中；

时代充满了误会。戏剧是炸弹。

嗓音一旦惟妙惟肖，精神的动静

不亚于引信已嘶嘶作响。

而浓妆的美艳不仅是角色的需要，

更像是一种新颖的复仇。

新世纪的曙光召唤过

他的青春，但微妙的反应

也常常突破心理的底线：

每一个试探，都意味着是否

还有机会在人的觉醒中

反思一下我们是如何被断送的。

在虎跑寺出家，用心灵对决历史，

他深陷在另一种先锋色彩中：

绝对的智慧可用于一个人的虔诚。

既然所有的解释都不管用，

那就让逃避来升华最好的轻蔑。

南洋归来，住锡在承天寺，

朴拙比清癯更构成人生的侧面；

早已破产的人世仿佛再也

不能因人而异。唯有悲哀和欣悦

可让南方的晴空交集于

一个透彻的肉身。弥陀岩上，

他跏趺坐：一尊石像

居然比所有的真容更能揭示：

他曾偏僻于苦行，比外人能看见的，

更激进于生命的觉悟。

2019 年 12 月, 2020 年 1 月 15 日

观鸟权简史

冰封时节，河水依然流动；
二十年前，这样的事
几乎从不会出现在燕山脚下。
几只小野鸭浮游在暗绿的波纹里；
时而潜水，时而拍动翅膀；
姿态的每一次变换，
仿佛都有在我们这里
已经丢失的东西，被它们捡到，
并在离我们最近的地方
重新发挥成一种自在多于本能。
一旦你稍有走神，它们
便会隔着变形记的破绽，
突然将一个似乎可以称之为
观鸟权的东西，朝你扔来。
很久以后，这将构成
第一个层次。回想起来，
第二个层次，应该得益于
成双的喜鹊有时会因人

无法把握的理由，来来回回
飞越河面。如果你始终在场，
喜鹊的活动范围显然
比水中的野鸭要大出许多。
只有在大雁迁徙时，
更高的层次才会因你考虑到
它们的活动范围更广大
而出现在你的灵视中。

2020 年 1 月 27 日, 2021 年 2 月 5 日

陶罐简史

埋没构成了它的命运——
有时很深，即使你挖的坑
深得可以放下一百口棺材，
也不见得能触及罐底的土锈；
有时又浅得太意外，一阵细雨
就可以将它的红泥耳朵
冲刷到好奇的狗鼻子底下；

至于真假，胎质的好坏，
轻轻刮几下，一把折叠刀
注定比众人的眼神更犀利。
在它保存完好的背后，你可以听见
呼啸的铁马践踏着农耕时代
无助的哭泣和恶毒的诅咒
消失在历史的深处；劫难和幸存

构成了它的左边和右边，
无数同类的无法计数的破碎
似乎为它奠定了一个概率，但不是

没有它，还会有别的。
它已等不起铁鞋。事实上，
你的跫音就已足够悦耳，
足够用来打破它周围的屏障；

它的完好不仅仅是一种见证，
岁月的流逝几乎令真理
疲惫到无情，却也在它身上
积累了一种造物的安静。
一旦触发，它也多少参与了你
作为一个人的完整；你甚至因此
得出一个结论：死亡不过是

一种不断重复的破碎。
而你此刻已从外部的观看
悄悄来到了它的里面：没错。
一种小小的空旷，非常准确地介于
空虚和空无之间。没错，
在此之前，无论它装过什么，
那东西一定曾十分珍贵。

2019 年 6 月 3 日，2021 年 2 月 9 日

牛年之诗简史

晨曦的冷眼里，金鸡已开始起舞，

喜鹊如同诱饵，飞过命悬一线；

而大地的真相像一只很久都没有敲响的鼓；

直到青牛再次出现，我们才意识到

原来世界另有一个舞台，

时间的图腾原来另有一个秘密；

凡咀嚼过的，寂静会重新捆紧，

归入万物有灵；凡奔跑过的，

骑牛即骑象，生命的边界会打造

一副新镜框，作为永久的纪念。

2021 年 2 月 12 日

情绪票简史

投票已结束。近岸的水域
都结着厚冰，但河的中央
依然波光荡漾；

清点否决票时，只剩下
积极的悲观主义者
还坚守在寒冷的现场。

放眼望去，树枝在寒风中脆断，
阴云的动向像是在执行
一道密令；野猫的叫声里

仿佛可以听到麻雀
放出的口风。如果放任
情绪的奴隶，北方的冬季

会显得很漫长。如果你没有
把关键的一票投给

浮游在冰水中的这些小鹏鹏，

你的错误将比伪装的过客更严重，
严重到再不会有天使
会把美丽的天鹅借你一用。

2021 年 2 月 19 日

遗物简史

隔着医院的大铁门，

一个小东西，包着牛皮纸，

外面还套了层塑料袋，从栅栏的空隙中

递了出来。没有使用暗号，

看着却很像接头；而那被履行的，

既不便称为必尽的职责，

也不能归为暧昧的义务；

背景很熟悉，只是街头显得

空荡荡的，仿佛历史刚刚清过场。

送东西的人穿着白大褂，

除了清秀的眉宇，剩下的面容，

都遮住了；但如果仔细看，

浅蓝色的口罩甚至也很标准地

加入了一种表情的塑造；

接过东西的人，从体重看

应该还不到四十；蓬着头发

像是有小半年都没进过理发店——

如果还有一种悲哀属于

这世界，他的语调听起来
反而平静得就好像人的声音
不是从喉咙里冒出来的，
而是从塌裂的矿井深处挤出来的：
"难道就没有留下半句话吗？"
"没有。你妈妈只留下了这部手机。"

2020 年 4 月 11 日

敲锣简史

其实猴子也会敲锣,

早年的大街拐角,只有倒流的时光

才需要贿赂时,这一幕经常上演:

转着圈,跛行时,脊柱里面

像是插着半条圆规的腿;

眼睛大大的,目光却很呆滞——

就好像对面稀稀拉拉,站立着的,

从来就不是一群灵长类——

它并不需要更细致的辨认,

就已了然他们不过是一些中间环节,

稳定着向它的口中传送着的香蕉的去向;

唯一的破绽,口令只有配上

挥舞的细棍才有效;很残酷,

但更好玩的,既然人的羞耻感如此暧昧,

它也就不觉得脖子上拴了

脏兮兮的绳子,会成就多大的侮辱。

看客们的玻璃心可千万不能碎,

必须时时捧着;换手时,

最好拿来的，是一面锣——
很容易就上手，并形成套路，
而且越敲打，就越像假如
所有的东西都能被敲醒，
还要穿裤子的云干什么呢。

2020 年 5 月 15 日

低剂量组简史

可替换的标本已经不多；

刚下过雨，窗外如同井底，

布谷鸟的鸣叫甚至低于

青蛙的试音。飘过上弦月的云，

像撕掉的海报。再一回头，

命运的暗示竟然来自

昨晚的星星眨眼的次数。

如果没记错的话，宇宙的后门

也已关闭，但尚不妨碍对影。

一个不算忠告的忠告

听上去很好心：灵芝提取物

或许会影响到实验结果。

好吧。真相也可以是简单的：

一个决心就能瘫痪掉人间的全部伎俩。

生死之间，更细小的眼神，

是针头拔出后留下的。

要感谢的话，就感谢

神秘的痛感，不只是偶尔，

而是始终，都比人的怜悯更准确。

2020 年 5 月 27 日

遇酒简史

把酒之前，青青山色
已判断过大是大非。万径的尽头
不见得万物就已尽收眼底；
顶峰之上，云烟的聚散中
苍茫也不见得就遇到过
知音有时会很低调。内心有悬念，
天大地大才会从醉眼中
流露出一道朦胧的裂缝——
轻轻一闻，澎湃已绕不过微醺。
假如通透意味着必须
才是更天然的落差，那么
纵酒之间，命运的无常
在比沉默更深蓝的骄傲中
已不值一提。再度举杯之际，
宇宙的邀请已悄悄见底；
一抬头，清秀的边地圆月
赫然列坐在无边的黑暗中。
微风拂过，寂静就可以滴香；

更何况这深沉的僻静中

牵扯到饮者和隐者太谐音，

我们的真实身份究竟

能否全然暧昧于很过客，

依然构成了我们的抵达之谜。

即使没有青春作伴，即便还要很久，

这弥漫的山雾才会散尽，

那古老的放歌也会将我们轻轻

安放在新的边界上；那里，

赤水奔流，波涛的格调

早已稳定在淡淡的琥珀色中。

2020 年 12 月 26 日

醉乡简史

恶人们有幽光毕露的
魔戒，可令世界
颠倒在阴阳的错乱中；
而你有半瓶茅台，虽然身子
开始有点歪斜，但一千只空杯
也曾让迷人的心曲苍凉在
万水间；浩渺的回音中，
青山的尽头，历史之恶
渐渐减慢了转速；波浪
依旧凶险，滚滚向前，
而闪过的万念中，万水间
仿佛唯有赤水的颜色
在神秘的较量中
从未输给过母亲的黄河。
曾几何时，我曾夸口：
哪里有梦乡，哪里即故乡；
赤水归来，我愿意
再自罚三杯，稍稍更正一下

我最新的格外清醒：

哪里有醉乡，哪里即故乡。

——赠张德明

2020 年 12 月

过酩酊关简史

从醇香的浆液到召唤的流体——
一字之差，肉体已落后；
不仅仅是你我的，不仅仅是
喝得通透不通透的；
一念之差，本体也已多余——
那些早已和潺潺的夜色
融为一体的，甚至也一样；
换一个角度，将晦暗的背景
从现实的对立面抹去，
即便接下来，重现的轮廓
不如巍峨那么凑巧，也不遗憾；
就从哗哗的弦外之音
找自身存在的原因；
就从四周的高山上再一次
直接迂回到第一印象：
峡谷幽深，清澈的赤水
荡漾一个理所当然；
碧绿的流体已胜过一尘不染，

不再需要像我们那样

有时还要依赖于美丽的脱胎；

甚至浓烈的流体也早已

在我们的身体里回溯到它自己的缘由——

如果那上面的比珍珠还

可爱的小挂件，经由翠鸟的确认，

的确来自细细的雨线，

我愿意比吐露过一万遍的真言更坦白：

人生的回味确有那么回事的话，

不过酩酊这一关，有多少原味

能将我们尽情地挥发在

生命的源头，还真不太好说。

——赠姚辉

2020 年 12 月 27 日

天使的目光简史

麻雀瘦得像干枯的马粪，
但喜鹊只是飞得比夏天慢了，
而体形变化不大；我对观鸟有兴趣，
但更主要的落脚点，还在于
悄悄反观思想的翅膀
在这么寒冷的气候里还有没有
充分展开的可能。摘下已有异味的口罩，
就能感觉到现实已被催眠。
而自救的可能居然偏僻到
两个男人已开始不约而同地同情
上帝的孤独者。我就这样坦白吧——
女人可以有弗吉尼亚·伍尔夫，
男人也可以有托马斯·伍尔夫；
如果必须在智慧和灵感之间
重新排一个顺序，那么
最大的冒险就在于我们
有权意识到，一个人最多
可以在生命的乐趣面前输几回。

三小时过去，我喜欢听你谈

在给世界降维方面，小说更犀利

还是诗歌更微妙。而慷慨的余晖

来自安静的落日，但也有一小部分

来自天使曾经眺望过故乡；

我知道，出生在地坛附近，

我的骄傲不太合理，它听起来

怎么都有点像北京即故乡。

——赠蒋一谈

2020 年 12 月 29 日

夜班简史

——仿刘立杆

星星就像铆钉，反射的光
令生活走神；无论醒着，
还是梦见兔子，寂静的夜
都是美好的礼物：但生活的意义
并不都来自生活的风景。
更多的时候，我们紧挨着风景，
却是风景的例外。譬如，此刻，
整个苍穹被漆黑的房梁又抬高了半米，
刚下夜班的塞林格却不满意——
他让摩西转世，并高声叫喊：
伙计们，把房梁抬得再高一点。

好吧。被迫辞去小镇邮政所长后，
放浪的福克纳也认真学过
一些木匠手艺，从更换纱窗
到加固篱墙，甚至小小的成就
就来自管道终于被妙手疏通；

但说起来，像喝酒一样过瘾的，
还得数爬到高处，去修房梁。
甚至一点都不夸张，要理解起舞的地狱，
就必须爬上圣殿的房梁；但除了
朝下看，还得学会闭上眼睛
看清一个事实：人只能往前走，
生活的神话才会继续下去。

如果克尔凯郭尔不是丹麦人，
他会抄起玉米棒子搞清一个道理：
婚姻有时也很像一根房梁。
矛盾到把自己喝死，康普生先生
就是这么干的。但他有点不甘心
连基督都是那样被钉死在
风干的木头上的。单身生活
即将结束之前，作为和酒鬼自我决裂的
一个赌注：他派遣准新郎
去发电厂值夜班，并在目不识丁的
黑人同事的注视下，用三个月
就写完了伟大的小说《我弥留之际》。

2019 年 1 月 11 日

野外取暖简史

北京今年的第一场雪
只存在于天气预报中，
存在于你夏天去过而此刻
却被铅灰色的阴云推远了的西部山区；

虽然看不见，但好大的动静
已拉开一个架势：零星小雪
真的会灵性到让梦的发动机加满
从天而降的白色燃料吗？

只有寒冷，没有飞雪
意味着冬天还不曾燃烧过。
闭上眼睛，你的身体渐渐并入山外有山，
取暖时篝火的旁边已坐有雪人如父。

2019 年 2 月 6 日

佛山醒狮简史

要辟邪的事物太多。
身边的静物放得合适，
伏魔已唯美很降妖。
但要想动静再大点，场面更主动，
不妨起用漂亮的双腮，
俏皮的圆唇，醒目的獠牙，
再配上夸张的震舌，
甚至源自心裁的独角
都生动于高昂的忧患意识；
喧天的锣鼓声很容易
就穿越它的起源之谜；
所以，稍微人类一点的话，
曾被归入迷信的东西
可不一定都属于历史现象；
风俗的裂变包含着民气的释放，
如果还可以俯瞰，它助兴的是
我们不一定非得从现实

返回现场；毕竟，舞到尽兴时，
偌大的狮头神似一个十足的清醒。

2019 年 2 月 9 日

空地简史

确实有几棵树，栾树和臭椿，
但更多的树，特别是
应该出现在那里的榆树，桧柏
槐树，白蜡，杜仲，合欢，
还在与虚构的密林进行着
无形的较量，还没有进入
命运的视野；现阶段，
它的周围，与现实紧密在一起的，
不过是林立的灰砖墙；
而一天里确实又有那么一小段时光，
它的僻静足以媲美你去过的
最美的林中空地。它的安静
几乎可以滋养人心深处的
信任之谜。平缓的地势，
生机以渐渐返青的小草为垫底，
试图将被唤醒的心曲编进
早春的日照中。其实也没什么
好奇怪的，就好像汉语里

光顾这个词，确实造得别开生面；
更多的时候，我的光顾
的确是由我的目光来完成的。
或许确实有更好的养眼的方式，
但我还是喜欢在心静的时候，
将混合着你我的目光
悄然投向这片空地；喜鹊飞走后，
两只鹩哥会像填补空白似的，
紧接着降落在同一个原点——
而这样的小秘密，源于我
只告诉过你一个人：想要见证
奇迹的时刻，我们只需要
在那里撒上一把生了虫的小米。

2019 年 2 月 27 日

金黄的春分简史

向它走去时，牵着的马
不知何时已经走失；
手里空攥着缰绳，就好像
从你这里损失的东西
已不限于那匹马是否真的
刚刚和时间之马比赛过
飞越湖光。这专注，越解释，
就越像一个过失。
而连翘的盛开仿佛在暗示，
任何损失都可以从它的灿烂中
找到一个弥补。嫩叶熬水，
效果就很奇妙。稍一回味，
蔚蓝是直的，空气也是直的，
唯有白云像是骑着一个心灵的裂缝，
在天上变换着各种原形，
等待命运给出最高的报价；
更显眼的，春风抵押大地的绿色时，
弄出的响动就好像附近

藏有一块巨大的磁铁。
如此，它的金黄一点也不像
那些熟悉的诱饵，是有原因的。

2019 年 3 月 21 日

清明简史

绽放之后，瞬间的力量
重建了世界的印象。
大地很慢，重瓣棣棠睁大火眼时，
连翘的金黄像一次追尾。
如果你正在练习抽身，
季节的循环中确实还藏有
好多环节；比如，扬起的浮尘里
细雨的牙印就清晰得如同
好动的柳绿正轻拂喜鹊的鸣叫。

更进一步，如果你练习分身
已练到甚至曾让宇宙分神，
人生的旋转会渐渐止于
小山谷可从未输给过大舞台。
最奇妙的，我依然是
你的出口。每跪下一次，
神秘的起点就会自动凸现，
耐磨得就好像你已替我

堵住了黑暗中的另一头。

每一行泪，都会在死亡中减少
一个悬念；每一个减少的悬念
都可以用盖子拧紧。如果身上
还有尘土需要掸去，我就开始奔跑；
手里牵紧放风筝的绳子，
我会一直跑到诸葛菜的地盘上——
那里，我会脱去上衣，
拼尽全力同记忆女神拔河，
直到风声中再次传来你大喊加油。

2019 年 4 月 3 日

头水简史

到最后，所有的幸运

都会尖锐于我们

已不太讲究生活即艺术；

但喜爱滋味的人不会忘记

头水紫菜是如何讲究

好人难寻的。永远的难题，

如果一味靠太阳，万物就很难精确；

而生长只有涉及微妙，

头次采割才会把世界上

最温柔的不饱和脂肪酸

全都浓缩到比菁华更丝滑之中。

最重要的，永远是如何把握时间；

最该死的，也永远是

难道时间真值得我们去把握吗？

最麻烦的，如果怀疑不再是

一种纯洁的途径，像从前那样，

帮我们精确地感受节气的变化

永远新鲜于时间的变化；

还有补救的可能吗？如果回声里

真有好的建议，不妨

再讲究一下，试一试

给扦插的紫荆浇浇头水。

2019 年 4 月 9 日

半夜简史

曾经熟悉的，可恶的鸡叫
不止缩短了寒冷的星光，
更直接埋藏了旧世界。

砸碎的锁链，因为懒得解释，
想象中，都扔进了池塘；
而碧波并没有因昏暗而减弱；

更直观的，碧波是否够意思，
要看你有没有卷入过水的呼吁。
夜行记怎么能和举着火把的漫游比呢！

除非奇遇的折扣已低到
四月的蛙鸣听上去
像暴风雨前夜的一道门缝。

2019 年 4 月 13 日

盘蛇玲珑球简史

偶然的挖掘，散落的泥土中，
远古的气息已混入春天的呼吸。
猛嗅一口，共鸣竟然来自
陈列在明净的玻璃中的
这小小的陶器果然有点淘气：
比如，用丘承墩乘以时间，
记忆之光会将我们的身影
狠狠投向一个盛行文身的世界。
再具体一点，世界的表面，
已迷失在数字中很久，但如果你
去转动它们；并且那力量
一旦开始野蛮，用旋转甩掉
存在之谜中多余的假面；
起舞的蛇会渐渐在陶土中醒来，
后面的，用上了彩釉的头
紧紧咬住前面的尾巴，
盘缠在一起，形成的那个球

红蓝交错，比面面俱到还玲珑，

胜过所有神权的失落。

   ——赠王学芯

2019 年 4 月

夜游简史

通往宪法广场，墨西哥时间，
星空像是被绿酒泼过，
外面和里面的区别就是
车轮转得越快，人在异地陷入的
清醒就越像刚刚咀嚼过的
风干的青杏。一路上，
安全感起伏现实很脆弱；
不闯几个闪烁的红灯，人生的
真相就脱节本地的另一面。
灵感的惊险中，仔细一想，
仿佛唯有颠簸还没散过架。
过关的时候，我像我的走私犯；
幸运的是，一眼望过去，
我的行李少得太符合诗歌的标准尺寸。
更过瘾的，我的倦容
浓缩我的自由，正如人的旅行
是时间的筛子；每个终点

都能过滤一个尽头，并且
半夜越长，半路越短。

——赠李程

2019 年 5 月 7 日

吃新节简史

雷公山深处，溪水的喧响
让小小的山寨得名于
祖先的灵感。身为旅人，
你仍能神秘于一个同感。
有点陌生，有点像小桥虽短，
但暴露的，全是你在别处
无法见到的生活的长处。

长桌幽亮一片古色，
古香才不依稀你见不见外于
抽穗的稻谷呢。温热的粽粑
将你的口味带回到
对歌即将开场；被祭祀过的
花树仿佛还可以用土酒
再浇上五百遍。沉醉即半开窍。

怎么就不能感叹一个感慨呢——
偏僻的腊肉竟如此美味，

就好像千年过去，它们依然可以
作为送给圣人的学费。而真正的预兆
来自我们还能否敏感于丰收——
就算是刚刚接触，岩妈的赐福
也已渗入比回味更领教。

2019 年 8 月 17 日

露水简史

人类的夜晚往往

深不可测，唯有它

清凉于缩影也有可爱之时，

个头纤巧，喜欢吸附在

水绿的草叶上，晶莹到随时

都会滴落；并不涉及

更大的命运或者

更刺激的征兆，

但返回时，因为它，

你的确说过，全都湿了。

2019 年 5 月 20 日

水泵简史

放置在小水塘的中央，
露出水面的部分，滚粗得像
河马的小腿；但真按体型的大小，
其实和消防栓更接近，只是颜色
醒目于浑身涂满天蓝；
路人的眼光基本不靠谱，以至于
它过分得像一个从儿童游乐场
淘汰下来的二手卡通道具；
但只要通上电，它就不会偷懒，
每天的工作时间绝不会少于
十二小时。既不关排涝，
也无涉灌溉；用途奢侈到
你能找到的几个穿制服的人
都没法确切回答它究竟在干什么
不难想象，刚刚孵出小宝贝的
野鸭父母会怎样敌视它的喧嚣；
喜鹊的适应性算是超强的，
但饮水时，惊扰也常常发生；

甚至小鲫鱼明明得了供氧的便宜，
但活水的假象，代价也很大。
唯一的赞成派，来自退休后，
一位孤独的老人每天都会准点，
静静坐在岸边的石头上，
长时间地注视它的一举一动，
就好像那起劲涌动的水泵，
在外行眼里，看到极致，
顶多也就是一个山寨的罗马喷泉；
而对无惧时光流逝的内行而言，
冒着鲜活的水泡，富于节奏，
它绝对像极了大地的一个器官——
能将永恒的爱作为一种苦力
灌注在更纯粹的私人态度中。

2019 年 5 月 24 日

泡沫简史

世界的偏见越来越频繁地
将它们出卖给我们的负面——
现实中泡沫越多，人的优越感
越强烈，以至于你已不习惯
面对这最初的情形：静止的石头
不会产生泡沫，除非将它举起，
从高处投入平静的水面。

但出于面子，你不会承认
干过类似的事情。即便有可能
找回那些证据，你举起的石头
也绝不比爱的重量更容易辨认。
脆弱，不可靠，悄悄将我们的恐惧
注入它们的形象，直到在现场，
那白色物质已能令永恒抽筋。

而在另一面，它们生动于生机的
戏剧性：巨大的冲撞维护的，

绝不只是大海的体面——
由涌浪产生的泡沫将你带向
一个纯粹的仪式：没有活力，
我们就不会目睹大海的咆哮
正越过它们的头顶，构成一种倾诉。

2019 年 6 月 27 日

静夜简史

这么多年过去，还是星光的
通风效果最值得称道；
黑暗中，轻轻晃动的芦苇
只剩下模糊的剪影；

不取巧黑白的话，垂柳的风范
也只剩下僻静好痒痒；
空气里漂浮着被整顿过的
水汽，刺不刺鼻要看你偎依的对象

是否颠覆过比粗心还大意。
回过神来，还是风声最懂得配合敏感；
尽管听上去，风声微弱得就像
几只蟋蟀在爬一个逆光的上坡；

定睛一看，慢慢涌动的黑浪
正将一口匿名的黑锅越背越黑；
黑暗中，怎么就不能有幽亮的纷飞

出自萤火虫才不在乎历史

小不小心眼呢。一转眼，
蝙蝠的盲飞已将过去的记忆
拖进最深的回声。说到思念，
痛爱，依然是最好的捷径。

2019 年 8 月 7 日

立秋日简史

明亮的荫翳，只有深情于
夏日之光的新诗才会干这样的
不能用愚蠢或聪明来衡量的傻事：
以流逝的时间为模子，
它想制作一枚只属于你的金币；

不曾领教过肉身的秘密，
分寸感就不可能出自经验的反动；
但是凭火候微妙，仍好于
凭人的命运已腐败于
一张张比油腻还麻木的脸色。

凭感觉，它应该很轻，
就好像时间的盛大是它刚刚借助过的
一个缝隙。而你只有重新专注于
生命的观看，才能认出那些光泽
正向我们渡让碧绿的喜感。

此刻最痕迹，激越的蝉鸣
能令所有的喧嚣黯然失色；
此时最忘我，树冠高耸风之舞，
向上挺翘的新发的树梢
仍能浑然一个自然的真相。

没有默契的话，我们凭什么拥有
它的信任，并在那一刻断定
密叶的背后，并无一双凶光
从潜伏的野兽的眼中流出。
没错，它兑现的是，虚无也曾道德过。

——赠楠铁

2019 年 8 月 8 日

拦门酒简史

白水河畔，盛装的歌手

不分男女，站立在青石上，

活跃着一个古老的气氛：

热烈的仪式里包含着热烈的测试。

有点表演性，反倒不是坏事；

最近一段时间，在吊脚楼上

看流星雨，简直像从井底捞万花筒；

过客中不成器的例子太多，

甚至连美丽的错误都已不够用。

自觉一点的话，来者是否尊贵——

最好能在风俗上见一见分晓；

旅途的艰辛最好既是理由

也是答案。不胜酒力的话，

世界的危险和人生的崎岖

很容易被弄混。灵魂和酒的距离

怎么组织，才不算搪塞呢？

看遍四周，可用作尺度的

风景的分寸实在太难拿捏了；

但好在好多事情都可以
从最简单的人类动作入手——
比如，从脸上抹去的
泥泞越多，喜悦就越真实。
见底之后，杀菌的作用
帮你回想起什么叫没忘本；
如果确实存在着另一种友谊，
就别告诉大伙，你从未领教过
什么叫酒香比心香还猛烈。

2019 年 8 月 16 日

燧人氏简史

黑暗年代，深林深处
闪烁的火光始终不甘于
人只能深陷在原始的恐惧中；
许多线索都曾被忽略，
直到某一天，极端状态下，
最终还是饥饿造就了
奇妙的想象：如果天灾过后，
发烫的岩石下，只有烤熟的雀鸟
可供充饥，你不可能不深思
你曾观摩过的雀鸟的行径——
啄着啄着，那干燥的燧木
竟然会蹿出火苗。你顺手折断
一根硬枝，将它的一头
用石头削尖；伟大的尝试
就这样开始了：你合拢手掌，
来回搓动，直到那削尖的枯枝
像发了疯似的，自动重演
鸟嘴的动作。有过一瞬间，

你甚至想到做爱的乐趣

也是这么一根筋，只不过

更着迷于抽象的火。有幽默感，

人的好奇才会沉淀你的运气，

并进而获得火的谅解：

你利用的，怎么可能是

火的可利用之处呢？

你只是幸运于万物确乎

可以凭敏锐的观察而获得

一种仁慈的迹象：就好像商丘

确曾非常地灵。更可观的，

好像也只有在此处，才可以追溯到

火，通过你对火的借用，

完成了历史对神话的锻造。

——赠刘向东

2019 年 8 月 24 日

芒砀山西汉壁画简史

封堵墓道的巨型黄肠石
曾多达两千多块，移除之后，
芒砀山的气势却丝毫不减；
起伏在东边，小顶峰
冷藏一个奇观；再深入一步，
腾飞的青龙在地下天空
安然于纵贯南北
竟然也已逾两千年。
你并不一定非得要知道
龙舌为什么会衔着玄武，

才能看出左侧的朱雀
果然比右侧的白虎
画得更传神。有时，莫大的安慰
就出于良好的方位感；

此外，将祥云描绘在墓穴深处
也不止就是按风俗行事——

它还意味着即使在死后，
升天的意愿依然可以共谋于
人的自由，的确包含着
一种不亚于天意的深意。

2019 年 8 月 25 日

卷　五

雪的榜样简史

下着，下着，雪就把天使下没了；

下着，下着，雪就把自己下成了大师；

你也有人生的苦恼，为什么不把它变成铅灰色的雪云？

你也经历过人世的阴冷，为什么还要忽略雪的榜样？

那样的高度从来就不缺乏，跳吧，跳吧。

跳着，跳着，你就会撞上

被雪弄丢了的天使。跳吧，跳吧。

跳着，跳着，你的轻盈会胜过一个大师；

消融之前，那一阵晶莹

会把你重新塑造成就连

雪白的精灵都差点

没认出来的夜归人。

2019 年 2 月 13 日

雪人简史

因为雪，世界突然充满了
大大小小的舞台。模糊在背景深处，
原先不起眼的东西纷纷换上
新的行头，跳到了前台。
因为自然的安静如此吻合
人生的冷静，每个角落
都埋伏着一个拧紧了发条的
白色寓言，试图将生命的灵感
和生活的矛盾含混地网罗在
时光的沉寂中。过去的情景很容易

就浮现在眼前；而眼前的情景，
即使你青筋暴起，也很难扔进倒流的未来中。
就好像从未有过第二套方案，
乌鸦必须出现在雪地里——
这似乎是早就和雪人商量好的
一个永恒的主题。即使有人龇牙，
也丝毫不能触动其中的惯性。

而假如我有不可告人的秘密，
那也是因为飞雪和精神的关系
纯粹得超出了柏拉图的想象——

下了大半天的鹅毛雪怎么可能
没有乌鸦降落在松柏之间呢？
说到戏剧性，凭直觉就能捉住
一个线索：缺少了乌鸦，
雪天就缺少了乌亮的眼睛。
更隐秘的，假如你真想知道
雪是如何打断现实的，我只需盯紧乌鸦，
看清一团黑如何生动地嵌入
雪的肌理之中而没带出一丝表演的痕迹，
世界的真相仿佛也可以提前结束。

2019 年 2 月 15 日

星星的剂量简史

唯一的简朴，就是死亡的简朴。

——赫尔曼·布洛赫

八月的黑暗中，遥远是它们
给予礼物的一种方式：
每一次闪烁，光的情绪
都会将宇宙的友谊过滤到
你的血管里。那里，一个循环
尽管脆弱，封闭性尤其可疑，
却也能将生命的苦痛不断混淆在
人的可能性之中。如果被放大了，
人人都可以是上帝，而你只想尽快制止
狗的叫声，以免刺激好邻居的
底线；如果被缩小了，人的孤独
能纯洁到哪一步，会再次向你分摊
一个新角色。不必太为难，
你不怎么精通占星术，并不会显得
你缺少想象力方面的礼貌，更不会妨碍

那些星星看起来像银白的药片

专治你的梦里：狮子究竟是好人

还是坏人。如果非要扯上

暂时空着的鹦鹉笼子里

还剩下多少筹码，人即使不是

最理想的对象，但至少池塘里

含苞的荷花仍要依赖

你给出一个判断，大地的寂静

才会渐渐克服灰烬也会失眠。

2020 年 8 月 17 日

彩虹心理学简史

能够被思维的和能够存在的乃是同一回事。

　　　　——巴门尼德

平原的尽头，九月的阵雨
像一群野马跑下了山坡；
回音传来时，任何轻微的响动
都会在你的心底放大成
生命的颤音。而放晴的时刻，
如同早已安排好的仪式
很快也会到来。古老的传说中
美丽的彩虹会把人的灵魂
吸进另一个世界，除非你能瞒过
我们的变形记，将鸦鹊的语言
说得像落叶纷纷一样流利。
虽然没有闪电，在大树下躲雨
像是也有说不出的危险；
一些泛着微光的结晶
会被过滤到思想的波动中：比如，

树木并不害怕它们会在一次洗礼中

遭遇形象的误解；这一点，很值得肯定；

而密集的青草至少起到过稳定

命运的情绪的作用。无需开耳，

比谛听更倾听，就已刷新了

一秒钟的果断也有它的价值；

大地之歌像出鞘似的，将秋天的寂静

重新挑明在世界的尽头。

近乎一次显灵，九月的彩虹

像一根果树的枝条伸展在

东边的天际。美好的东西

因短暂而绝对，又一次得到了重申；

但奇迹，应该另有答案。

有过一瞬间，你不敢想象

地球是一枚蓝色的果实

就如同你无法坦然地否认

我们和那些爱吃甜食的虫子

究竟有何根本的不同。

2020 年 9 月 3 日

微光简史

被称为微光，但微弱的，
很可能是我们。洞穴里的，不算。
塌陷的精神迷宫里若隐
若现的一点透亮，也不算。
漆黑的海底世界里，不会有
它要解决的问题。其实多数情况下，
从暗淡的光源射出的闪烁的
粒子之舞，并不适合被称为微光。
我们命名了它，但它始终
都有自己的标准，对称于
你偶尔也会想象：命运的缝隙
如此诡异，我们何时才算是
合格的发光体。相对于它的准时，
我们永远是迟到者。无边的黑暗
并不构成它的对立面，只不过
加深了它的背景。它并不嫉妒
太阳是一个红色的紧急按钮，
使用起来很方便。需要借它看清的东西

似乎很特别，但它会慷慨的；
它并不需要你把世界调亮到
我们的灵魂像无辜的筹码。
微弱但并不虚弱，就仿佛因为
它的存在，你会更警惕人类的盲目。

2020 年 10 月 9 日

世界的基石简史

荒野中的寂静，更像是
围绕着它的一种回声。
大多数时候，无形让它感到安全；
但你也不是没机会觉察到

它的另一面：无形之中
它已被仔细雕凿过——
它身上带着的怨气
恐怕再过一万年也不会消散；

重重的击打，在它表面
留下的粗糙的印迹
就像夏天的暴雨脸上
来不及擦掉的猛烈的鞭痕。

克服人的孤独和胜任生命的孤独之间
那微小的差别，迫使你
必须赶在更多的野兽醒来

并嗅到你的气味之前，

将它从天才的埋没中认出。
如此，进一步区分的话，
它仿佛有两种截然不同的外形可供选择。
你可以选择较小的那一块

而不必担心你会被道德的矛盾所歪曲，
就好像你并未把事情弄得太复杂——
你只是将它从脚下挪开，
慢慢放进嘴里，并站了上去。

2020 年 10 月 11 日

犹如完美的报答简史

发生在人和人之间的，
仿佛理应如此。否则，底线
会显露出它冷冷的锋刃。
常常，一小杯浓香的岩茶
足以在隐秘的瞬间
令你感到莫名的羞愧；
但在经历过短暂的茫然后，
那羞愧也发芽般，闪着微光，
加深了人性。发生在人和动物之间的，
每一次，都能让非常绝望
显得非常浅薄。尤其是，
那些温柔的例子中，仿佛有
一种奇妙远远胜过了
壮观的奇迹。比如，一只蓝猫
会将斑鸠或鸽子作为
最珍贵的礼物带回家，
轻轻放在门廊边，与你分享；
而它无论如何也不可能意识到——
那一刻，灭绝和报答

正同时进行，含混在它的无辜中。

好吧。我接受世界的歉意；

让我们将这舞台转向另一面：

发生在人和太阳之间的，

似乎很难摆脱神话的影子——

而且越解释，他人就越像地狱；

任何时候，当你确信我们正安静得

像草地上的两头黄牛那样

面对太阳的余晖时，

那浑圆的美丽便如同一次耀眼的宽容

抹去了我们身上的瑕疵。

那一刻，我们仿佛用人的缩影

化解了存在之谜。那一刻，

原本游离在我们身外的某种气息

已在你的记忆中得到

新的熔炼；信念的发酵

或许还需要很长一段时间

才会效果显著，但至少

与崇拜太阳相比，这新的熔炼

已很接近一次完美的报答。

2015 年 6 月，2021 年 1 月

渐渐拉开的天幕简史

而只有在那里，所有的谜团才能解开。
——叔本华

这是柏拉图没有吃完的
葡萄：有点酸但刚好可用于
你如何从生命的回味中
慢慢将一个自由
提炼在你的影子里。

给最大的前提提前抹上
一层蜜，自会有
隐秘的仪式感像春天的
湖水轻轻拍岸。仔细听的话，
倒影才没耽误过大事呢。

更激烈的嘀咕仿佛在申明
人的形象不一定非得
依赖光环笼罩，但必须

从炼丹炉的失败里

获得过一个深刻的启示。

从吞噬一切的火中

人的恐惧锻炼了人的聪明；

而此时，你需要抬起头，

从过眼的悠悠白云中

认出命运的参照物。

如果再找不到比时间

更明亮的洞穴，就必须对天空

如此湛蓝有一个交代——

和死亡相比，哪一次，

天空看起来不像最后的出口。

    ——赠桑克

2015 年 5 月，2021 年 1 月

原形简史

世界的苦痛，世界的喜悦，
灭火器里睡着
一个火神，高高的水塔中
密封着一束扎着黑绳的玫瑰
比诸神渴了还干枯；
今天的小雪一点都不铺垫，
反而像一种过渡。南飞的候鸟
已数到八百三十六只，而我
在其中的一个单数里
突然恢复了原形。

2021 年 1 月 25 日

隐秘的天性简史

我让我的灵魂飞越我。

———奥古斯丁

如果我能和小灌木上
露出绿芽的枝条
达成一项秘密的协议，

我愿意让一只伯劳越过我——
哪怕我和它二十五年前
只在初夏的西山深处见过一面；

而这所谓的越过，无非是说
即使人有原罪，每次都绕开我，
躲着人，它的安全

也不见得就会有保障。
始终都没看出我和树枝
有什么差别，对大自然来说

才是最大的安全。它必须学会
适应这一点。它必须设法
弥补它的恶习：将捕获的虫子套在

我锐利的棘刺上，再撕成
血淋淋的肉条。如果奥古斯丁是对的，
它得学会依赖我对它的依赖。

而这所谓的依赖，无非是说
既然人在鸟身上看到了
自由的幻象，它就应该开放

它的天性；就如同我
在我的灵性中渴望向每一只伯劳
开放我的不可逾越。

2021 年 1 月 27 日

夕光简史

成年礼的现场。树梢的背后，
玫瑰色的方舟驶向黎明之锚。
你不可能无视它的壮丽，
你不可能不吃惊于你身体里
仿佛深埋着同样的航程；
你不可能只停留在没有人
能抗拒它的吸引，并将人生的感慨
悄悄拧进悲剧的螺母。
无数次，无论灵魂的转世
需要怎样的契机，它都会毫不走样地
当着你的面，重复无限好像重复
世界的矛盾。如此，你不可能只满足于
充当老练的过客，进而对它
在同样的时刻，每天都会冲向
无尽的黑暗的美丽的冲动无动于衷。

2019 年 2 月 18 日

黑冰简史

大可不必矛盾于
远方还剩下多少意义；
沟壑很深，全凭机缘的话，
不如想想你手里的钱
还够不够买上一匹好马；

更迫切的，你其实急需
委婉一下新的弹性，
并随时保持跨越的感觉。
如此，你其实不必从土星回来，
才能认出封冻的小湖里

眼前的这些冰，不仅令广大的
夜幕渐渐失去了垂悬感，
而且由于见证越来越依赖
孤独的反光，它们黑得就如同
有只大熊堵住了世界的出口。

——赠伤水

2019 年 2 月 1 日

新药简史

就在不久前，冰封的世界还很真相。
光秃的枝条缠满了
冷空气的绷带。噪叫之后，
乌鸦在灰蒙蒙的树冠上
晾晒发黑的主体性。

任何时候，都不要小瞧
乌鸦早已领悟过它自身的黑色。
每个静观，都必须很紧身，
秘密疗效才会针对
时间是时间的伤痕。

更深的褶皱，竟然没有
一个真谛能构成例外；
太情绪化时，就向浮云看齐，
默默吞咽一个主动；
如果还有劲，就把人的孤独

也算进去。如果还不服，
就把用死亡过滤的真实
也算进去。想见效快，
就大口喝水；就好像我们只剩下
这样的选择：你是你的新药。

2019 年 4 月 11 日

非常偏方简史

人类必须是让不朽的灵魂筛过的东西。

　　　　——赫尔曼·麦尔维尔

就像从宇宙的隐私中抠出了

一枚金币，不及时

去味的话，发疯的月亮

会在今晚带来一次彻底的治疗。

从症状上看，灵与肉的冲突

早已落后于你的矛盾。

而浑圆本身一旦被悬置，

就意味着说服力已经发黄。

有谁见过眼泪的剪影

像秋天的峭壁？或者再远一点，

放飞的尽头，闪烁的星星就像发亮的

种子即将被一个错误磨成粉末。

好在掷出的骰子终于有了回声，
偏北风开始奏乐。落叶纷纷，
窸窣你有过一个精神的反差，
不亚于夜色已被冻成无边的黑冰。

2020 年 10 月 17 日

非常热身简史

喷过香水之后，异味
不再那么刺鼻。走神的理由
似乎也跟着消失了。只剩下莫名的恐惧
将内心再次缩小成一个舞台。

戴不戴假面请便，全部的幽灵
像是突然获得了一种集体存在感；
只是主角和配角已很难分清——
除非偶像的崩溃能及时对称于

一个典型的破绽：死亡是屁股，
用脚踢它，狠狠地踢，就好像这是
一场被篡改过胜负的比赛；而你的汗水
将润滑并加速一个伟大的心跳。

狠狠地踢吧。你的脚下，一个球会慢慢变圆，
上面的黑白花斑也会越来越鲜明地均匀

一个强烈的对比，直至无头骑士

吹响了哨子，却并不能裁决这微妙的失败。

2020 年 10 月 19 日

诗人的赌注简史

——仿车前子

大海不会输掉漫天的繁星，
正如帕斯卡赌上帝存在；

月亮不会输掉美人的侧脸，
正如博尔赫斯赌迷宫比真相更有趣；

沙漠不会输掉金子的味道，
正如惠特曼赌草叶里有我们的替身；

我怎么可能会输掉你，
正如蒙田赌死亡不过是一场幻觉。

2020 年 11 月 3 日

褶子简史

——仿李商隐

曾经的孤独已被白云铐上

碧蓝的手铐，带离人性很缥缈；

它勒紧过美丽的晚霞，

而那深嵌的凹痕反过来

又澄清了一个人的秘密——

它延长过万物渴望从你身上找回

一个耐心。它谦让过灰色的地平线，

当曾经的落叶飘向大地之心

并没止于泥泞很抚摸时，

它也是透明的友谊线；它从未混淆过

大厦和巅峰的高度；它呼应过

托尔斯泰的直觉，就好像每个人

都曾在那些特定的闪光时刻

至少战胜过死神十次。曾经的野鹅飞向

保护法中的栖息地仅次于圣地时，

一个漫长的线索也渐渐清晰在

它的开阔中，它从未降低过你的祈祷。

曾经的眺望在你和它之间

悄悄互换过起点和终点。倒流的时光

卡紧了它的遥远；幸好你的目光

还能从它的轮廓中反弹回

一个很深的记忆：深如我们的深渊

一旦遇到好人，仍可被反复折叠，

直到这世界的可取之物

越来越严格，并只默认你的指纹。

2020 年 11 月 23 日

带雪的偏见简史

——仿梅尧臣

轮到它们尽兴时，新雪细腻得
就像夜色都已暗黑成这样了
还有什么好吵的。漫天地飞舞
将主角和配角在时间的冷漠中
悄悄对调了一下，生动的轻盈
便密集到你仿佛刚巧踩到了宇宙的
一个支点。一抬头，世界之窗
正更换着新的窗花；花非花多么雪白，
人体能接触到的范围内，
还从未有过一种晶亮的冰凉
显露过如此热烈的本质；
你并不比那些瑟瑟晃动的枝条
更像它们扑向的目标，但一阵敏感中
你的反应最接近它们的来意——
你不是外人，而那原本漆黑的空洞
被一个凛冽的热舞填补着，

就好像只有如此安静的雪花

才能如此冷静地下进

和你有关的，一个生命的偏见之中。

2020 年 12 月 13 日

黑洞简史

在远处，光，被吃掉，
只留下语言作为隐约的诱饵；
遥远才不原始呢；缥缈的是，
相对而言，不可企及失去它的
光环的速度，竟然比想象的还快。
多么新闻，还从未有一种遥远
在冰冷的宇宙中留下过
这么多的感情的线索。
没错，黑洞比想象中的，还上相，
没错，被吃掉的光无法想象
我们为什么想要知道它
是如何从一个看似敞开的洞口
被狠狠吸入黑暗的觉悟中的。
没错，最大的好处是，在附近，
黑洞会终结所有的自怜。
没错，遥远是最大的面子，
有点像我煮朋友寄来的鲜百合时
突然想到，之前的清理腐烂部位的工作

尽管琐碎，尽管用力轻微，
却是阻止人性滑入另一个黑洞的
最有效的步骤。顺便问一句，
没亲手煮过百合，不算差距巨大吧。

　　　　——赠杨政

2019 年 4 月 14 日

绿月亮简史

热带的夜晚，海浪的气息
倾倒在蝴蝶的呼吸里；
效果是明显的，即便你不是我，
任何轻微，也都能润滑灵魂的摩挲。

我清醒在我的膨胀里，
但不是充气不够，也不是抖擞的，
精神需要一个陌生的重启；
我的真相并不是人已甩掉假象。

我知道，如果我睡着了，
就会变成你；白天见过的草木
甚至已将你的梦复制在
命运的底盘上。而一旦醒来，

新生很可能只是又玩了一次蜕皮。
那减轻的重量，能换回多少真实感呢？
就跟真的似的，巨大的现实

被黑暗中的风稀释着。

仁慈的破碎，仿佛也和一次低估有关；
但我不低估，此时的安静，
就像一根从未被人用过的绳子。
我穿过你。没错，光亮构成了最深的洞穴。

2018 年 8 月 3 日, 2020 年 5 月 21 日

日环食简史

用斧子劈开一段干枯的松木。

　　　　——西渡

连莎士比亚也不曾料到，
这完美的暗示来自另一个角度，
令时间的尺度发生了
突然的变化。要巧合到
怎样的地步，天象观测点
和人生观测点才会完全
重合在你的脚下？对阴影而言，
十年的时光太漫长；
但对长河而言，再怎么相加，
两个五年也不过就是一朵浪花。
从迹象看，浑圆的黑暗难道不是
也可以由巨大的光芒来制作
并悬挂在你无法回避的地方的
一种特别的表演吗？而你能庆幸的，
似乎是它很快就会过去——

像发黑的舌头，虽然巨大，
装饰有完美的弧形，但也只能
令疯子才感到黑暗的可怕。
结局多么唯物，就好像
奇迹发生时，神明是否存在过，
平原上的青蒿已获得了
充分的线索；来自你身上的
一阵喷射，变成它祈祷过的雨。

2020 年 6 月 23 日

月全食简史

发生过很多回。但想要
亲眼所见，将它像一块金灿的勋章那样
攥紧在以缥缈为褶皱的黑暗中，
你必须先杀死那只蟾蜍；
要么就是，你得设法将那只大狗拴牢在
梦的地窖里。浑圆的对象，
经大气层折射后，来自太阳的天光
像针灸刺向滑动在无形
轨迹上的时间的戏剧；无论虚无
在其中扮演何种角色，它都不只是奇观，
不只是一块蓝色巨石用它的本影
给无辜的月亮戴上了
猩红的面具，以至于我必须绝对保证
被吃掉的月亮，不会受到
任何伤害。我必须将你给予我的信任
都用在一个神圣的耐心里。
一旦倚靠发生，我还必须
像一头狮子那样用微颤的腹部

感受到你全部的倾斜。

如此，它欠我一份只有通过你

才能还回的人情。

2019 年 1 月 22 日

比所有的冷更美简史

透明到非常醒目，结实得像
附近没有石头的话，你可以抄起它，
砸退野兽的攻击。当然，
眼下的情势还没到这一步。

人的视线中，有很多因它而改变；
但你几乎不会察觉。在萧索的
灌木背后，闪着安静的光，
作为命运的一部分，它几乎从未被误解过。

它很外向，性格鲜明得就好像
假如自然的奇妙没受到应有的重视，
它会通过打滑警告你，在它的地盘上，
人的粗心如同后果不堪设想。

摸上去很冷，冻僵随时都有可能；
继续下去的话，冷，会退向它自己的神话。
寒冷包含着寒冷，在它的层次中，

有一个界限，甚至连死亡也没法跨越。

它的表面就是它的本质，
它不想把事情搞得上下有别。
它只想让你看到世界的另一面：
很冷，但在它的冷中，没有丝毫的冷漠。

2019 年 1 月 23 日

来自天空的钥匙简史

在远离波浪的地方，
兴致勃勃的，有点抽象的，
水和鱼，将我们张开的嘴变成了
它们狭窄的出口。

深埋在无形的压力中，
一旦再度跃入阳光下的形象，
它们都想靠前提取胜；
前提越绝对，依存越真理。

难解难分时，它们甚至会嫌
假设世界没有它们，都太迟钝。
再找不到窍门的话，它们威胁
会将我们的脑海变成它们的秘密仓库……

要打开的话，唯一的一把钥匙
只能来自空中，由鹰的影子制成。

如此，假如没有活水，这些鱼
又能影射伟大的现实中的哪些死结呢？

2019 年 1 月 25 日

比冰更透明的礼物简史

漫长的黑暗有时也会因
人类精神的暗疾而无法对比于
瞬间的光明。相比之下，
冰是更好的发明，更辽阔的礼物。

很容易就领先于黑暗，
很容易就天真于光明，
冰，不仅发明了透明的固体，
更发明了你其实可以凭借人的孤独

去纠正一个偏见：只要有结冰，
你就能走在水面之上；更直观的，
从对岸回到现实，人的童年少年壮年老年
仿佛可以循环于鲜明的春夏秋冬。

在你刚驻足过的冻硬的水面之上，
由于回暖的缘故，一小片融水晶亮；

而当乌鸦像黑炮弹一样落下时，
喜鹊则像躲避道德的瑕疵一样展翅飞离。

2019 年 1 月 27 日

冰裂简史

冰的戏剧性。巨大的沉默中

才会爆发出这犹如轰鸣的巨响，

而假如没在巨大的孤独里徘徊过，

你不可能在冬天的夜晚

在这么近的距离里

在如此意想不到的时刻

听到它充满灵性的仿佛要

将宇宙的脉管重新切开的宣告。

一只凶猛的史前巨兽

也发不出这样尖厉的叫喊。

美到有点可怖，甚至人的敬畏

也只能敏感到人不可能预知

它会爆发在哪一刻；你只能通过克服

最初的惊恐，通过悄悄获得

巨人和侏儒之间的精神之战的

一个喘息，将它在意识深层激起的

汹涌的共鸣，用于生命和神启之间
一个不大不小的秘密。

　　　　——赠杨侇旻

2019 年 2 月 2 日

无名的蜕变简史

因为爱，狗从不出没；
因为暗示和启示在它们身上
转换得太自如，喜鹊从不出没；
因为忙碌太欢乐，麻雀从不出没；
因为萧索，像从时间的荒凉中
租来的一个巨大的表情，
乌鸦从不出没；顺着聒噪
传来的方向，明明枝条上
只有一只体型硕大的乌鸦，
但它翘动的黑尾巴醒目地
出现在两只乌鸦的叫声里。
因为漂亮得像是和幽灵打过赌，
鸳鸯的情形稍稍复杂一点，
它们的出没取决你
对野猫的态度；或者更现象，
对它们而言，出没即出现：
如果你守时，鸳鸯的出现
堪比冬天最好的惊喜。

更难得的，因为默契

有时反而会更生动地显露在

人和小动物之间，就像是在接头，

一只从不出没的野猫的出现

不可逆转地将你的出没

封死在了无名的蜕变中。

2019 年 2 月 7 日

反转的落日简史

如果附近有小湖，有密林里的
每根树枝都像一截拨火棍，
你就能感到它犹如烧红的铁锤，
将自己抡圆了，狠狠砸向

结了冰的时间。无声的回音里，
你甚至能感到它的彤红
自圆于一个伟大的安静
从来就没对世界的荒诞妥协过一秒钟。

是的，有时候，你其实只需要
与它分享纯粹的半秒钟，
你的黑暗，甚至人生的黑暗
就会被它的记忆猛然带进

一个美丽的激进之中。那里，
更多的燃烧，更多的温暖，

起源于你终于赶在轮回之前，
学会加快了一次反向的自转。

2019 年 2 月 10 日

诗歌现场学简史

已经熄火，但引擎的颤动
突然开始微微一个隐喻；
现场巨大，下过冰雹之后，
天气好得像夜色已完全进入角色，
出色到无所谓低调不低调；

最好的燃料，其实是精神的纯粹，
生命的机遇甚至已不限于
你能领悟多少安静；更何况，
涉及暗示，每个瞬间都很后果，
都有两个永恒一点也不服气。

有没有想过，所有的障碍破除之后，
被天籁拖后腿，怎么办？
有没有想过，夜色如此温柔，
绕湖一圈后，地球还剩下几圈？
打不打赌？凡不能被洗去的，都不是悲伤。

甚至清澈也可以来自黑暗中

有风头不断缠绵一阵杨柳；

甚至澄明也可以来自星光

多么迷人，几乎要取代目光；

敢不敢面对，凡凝视过的，

只要一闭上眼睛，爱就比死亡优秀。

普拉斯说的不对，反死亡

才是一门艺术：不将人生

过分拖入模糊的背景，不打岔

一个自我能不能被彻底改造。

甚至痕迹是否生动，也不一定

都得依赖我能否使出浑身的蛮力，

将虚无搂得只剩下大喘息；

更精湛的，神秘是否足够安慰，

也不都取决于你在不在现场。

2019 年 5 月 29 日

淋漓学简史

替身怎比得了起身，
毕竟能用酒瓶撑着，从草地上
爬起来的机会，不是经常都有。

点燃的篝火像是在
沉沉黑暗中掏出了一个大洞；
火焰的边缘，神秘的召唤

渐渐因升温而露出大半个原形。
所以，尽管醉眼已不限于
世界是否朦胧，但你不会敲错

空气的门牌。你摇晃着，
走向那跳舞的光源；踢腿，甩手，
甚至再想误入歧途，都已绝无可能。

最惊心的，只要影子一出汗，
人生就面临还要不要过淋漓这一关；

好几个瞬间，你都可爱得像是

要径直走过去，从一只棕熊手里
夺下喷香的栗子，将它还给
达尔文的猴子。

整个过程如此清晰，
就仿佛这首诗确实没干什么，
只是令大地的无辜显得非常暧昧。

2019 年 5 月 31 日

精灵学简史

飞舞，令落叶充满时间的情绪，
飞动，令白云抱紧一个解脱；
眯起的眼神中，可归入断线的，
除了风筝，还有眼泪和鱼钩。

多么激进的反观，假如我发现
浅薄于命运的，都和我们偏爱使用
随风而去有关。甚至为了透气，
透过打开的窗户，风景居然标准得

像一只斑点狗突然因警觉之美
停止了咀嚼。而摇曳的纱帘
则像是在暗示一个伟大的缺席；
如此，当我们说到记忆的力量，

你的意思难道不是，真正的记忆
在于人须以自我为一个转身？
要么漂亮到非常艰难，

要么就艰难到非常漂亮；

如果轮到我，去纠正一个积极——
我更愿意生命的暗示依然来自
兰波已转世；交加的雷雨中，
随风而来的，绝不只是我们的影子

可以反义于随风而去；
随风而来，意味着我更倾向于
将我们的目光投向一个主动，
就好像一群雨燕已让世界充满精灵。

2019 年 6 月 1 日

转引自芥川龙之介简史

拉开窗帘，治疗开始；
把你的呼吸沿身体
暴露出来的程度，全都数进
空气里还剩下多少运气；

新鲜的天光带来了
比白日梦更专业的礼物；
新的陌生，越来越不满足于
将死亡笼统地归入

人生的阴影。用肥皂洗手，
顺便也使劲搓一搓
久违的仪式感；接着，
我勒紧了全部的自我暗示，

只留下现实的诅咒——
最具挑衅性的，还不是

悲伤是肮脏的；而是
我的罪比我更干净。

2017 年 11 月, 2020 年 12 月

踪迹美学简史

黑和白匀称在同一对翅膀上，
美丽的扇动中，两只喜鹊
结伴飞过结着薄冰的
护城河河面。这似乎是
很容易确定的事情。十分钟前，
有东西在飞，但可以肯定
用的不是扇动的翅膀。
十分钟后，河面归于空寂，
再没有别的喜鹊出现过。
而假如时间是从早晨算起，
没有人能确定，在飞过
结冰的河面的喜鹊中，
它们是否可以排进前两百只。
而我确信，这两只可爱的
喜鹊不属于孤证。即使没有
别的目击者，它们也会
因你的注视而长存在
生命的记忆中。且就数量而言，

两只冬天的喜鹊已经足够；

微妙的触动，并不会因

它们偶然的出现而减缓

涌现的频率。它们就像

两只晃动的手，从我尚未完全把握的

秘密的关系中脱离了

我的身体，翩然飞向大地之歌。

我承认，这里，翩然

用得有点唯美；它们的踪迹

能否抖动命运的花瓣，毕竟

和一个人的心境难脱干系；

它们的消失和两头猛犸的消失

全然不同，但假如你从未反省

自己的角度，这消失的差别

就会继续向我们隐瞒

它们的消失和我们的消失

是否曾落入同一片空白。

——赠见君

2020 年 12 月 21 日

飞毯简史

鸟潜水，你把头放进正被斩首的波纹。

    ——哑石

在梦的解析里你又摸到了
那张飞毯；惊心的倾斜，
每一次，尖叫都像案底——
记录了人身上狼牙的咬痕，
并不都是野狼留下的；

降落后，睡眠像一张卷起的网
被重新放回身体的幽暗中；
但能见度里不乏新的诱饵，
今天已被下过注，勃起的地平线
兴奋如一个颤悠的跳板；

而晨曦放纵着一次倾泻，
博大到汹涌的天光再也藏不住
曼妙的灵光；没错，洞穴是圆的——

如果往里面投硬币，就能听到
柏拉图正和庄周谈起蝴蝶。

2020 年 9 月 17 日

悠悠简史

——仿陈子昂

身边，紫色结晶陪伴我们

像有一个积淀在等待

适合它自己的形状。算不算对象，

最好能参照：心，必须灵巧于

巍峨如一次默许。穿过彩虹

抬起的栏杆，风，将最小的命运吹向

不断弯曲的草叶；而视线的尽头，

荒野如同丢失了说明书的

一只巨大的筛子，筛未来竟然

筛到古人并未全都死于

时间的流逝。寂静多么同党，

颠覆孤独，就好像最高的同类

依然活在歌唱的废墟深处。

痛哭必须可以入药，并意味着

最终的治愈只能来自

白云的影子如此公正地

将我们不断过滤在大地的陡峭中。

　　　　——赠胡亮

2017 年 6 月, 2020 年 9 月

时间的贿赂简史

初秋也会有微妙，不常见
但毕竟也算是一次目击：
仍有草叶新鲜到任性的程度，
任凭你将它们揉进金风的旋律，
揉进晚霞很劲道，揉进陌生的命运；
好吧。既然狭窄到不得不
过枯黄这一关，就请解释一下——
什么叫有何命运可言？如果命运
最终不能被你的影子
揉进词语之花，揉进碎裂如星光闪烁，
人的失败就会像一次贿赂，
如同一次未遂的复活，
并波及我孤立在只剩下
雨水还没有被发蓝的鼓声搓揉过。

2020 年 9 月 21 日

精神极限简史

广大的墓地也空了，青草晃动。
　　　　　——姜涛

常常，悬崖比我们更诚实。

呼啸的风差一点
就干成了一件大事：从古老的
恐惧中，当着你的面，
取缔了世界的真实。

好在自然的奥秘
并不局限于我们的绝望
是否足够真实。每一个触目
都构成了一次挽回。

譬如，岩石的肌肉
就裸露在垂直的风度中。
而浓雾开始散去的同时，

一只鹰隼为白云的后腿松绑。

从现在起，你必须习惯：
这些只是风景的最表面。
除了该死的悬念，真正的主题
只有一个：像这样的陡峭

可替我们节约多少时间。
就说说怎么把影子打回原形吧。
蝴蝶扇动翅膀的时候
你在干什么？

2020 年 9 月

死角简史

岸边，解冻的泥土中
有很多细长的小东西
可以称为美味，而你绝不会尝试。

但假如将你变黑，将你缩小，
再给你插上一对黑翅膀，将你的生动
全都抵押给了一个聪明的化身；

如果你不服气，就把你的嘴磨尖，
磨得像一个发黄的小钩子，
直到炼狱出现破绽，你的本性

不得不出卖诗的想象，
直到饥饿的道德看起来像
道德的饥饿，不再有任何死角。

2019 年 4 月 1 日

否定性简史

死于破碎。类似于青春的惯性
在月光里埋得太浅，
太匆忙；而远处依稀的灯火
像狗眼得了白内障；

死于世界的真相
如此可疑，死于雨并不能
冲走所有的痕迹，而人的坚强
是否足够锋利，只能靠眼泪来磨洗。

死于黑白的颠倒中
恶比人性更平庸；
或者深渊中，假如秋天的风
值得信赖的话，死于心

只被美丽的蝴蝶带走了
一小半；而剩下的，
却必须面对命运的堕落；

死于选择的失败。

死于细节已无法逼真，
比如蚂蚁很常见，且蚂蚁的颜色
很接近我们的真相，
但能带来的事实很少；

死于蚂蚁不完全是蚂蚁；
比如一个人的代号可以是蚂蚁
但假如他的绰号叫蚂蚁的话
人的底线就会被踩上鞋印；

死于类似的幻觉听上去像一首歌，
无论你手中握有怎样的权力，
你都不可能羞辱一只蚂蚁；
死于死亡已丧失了否定性。

2003 年 6 月 17 日, 2020 年 7 月 1 日

传奇简史

如果有绳子可以拽紧，
离地的感觉会将所有的真实
都颠回到生命的原型之中。

一个纵身，我们露出的破绽
便如同时间的汗水
被高高扬起的鬃毛狠甩在

清澈的溪流中。溅起的浪花
很随意，就能捕获到
大地的眼神。马背之上，

很多感觉会自动浮现；
而视野则渐渐开阔于一种恍惚：
人生犹如一匹脱缰的野马。

很多年过去，当草原大得像
一座后院；我才慢慢觉悟到：

仅仅骑在起伏的冲动中，

还远远不能称为心爱的骑手；
仅仅经历过颤抖到剧烈，
也还不足以令传奇充满节奏。

2019 年 4 月 15 日

虚无学简史

翠鸟的鸣叫中，悲伤是石头；
突然的石头，令死神也心虚于酝酿。
如果仅仅是沉重，缓解的可能
就还存在于移动中；

最艰难的，冷却之后，
它犹如一个透明的罩子，
将无穷倒扣在爱的理由中，
且生硬得就像从云端跳舞归来的

雨滴，以为大地之歌又换了
新的面具。需要清洗的东西，
都在时间的反面；一直到
无论你摘下什么，虚无都很礼貌。

2019 年 5 月 15 日